甘くて傲慢

きたざわ尋子

幻冬舎ルチル文庫

CONTENTS ✦目次✦

甘くて傲慢

甘くて傲慢……5
桐原研究室の午後……267
あとがき……284

✦カバーデザイン=久保宏夏（omochi design）
✦ブックデザイン=まるか工房

イラスト・神田 猫✦

甘くて傲慢

久しぶりに吸った日本の空気は、記憶していたものよりもずっと湿気を孕《はら》み、纏《まと》わりつくように重かった。

「暑すぎ……」

帰国が夏になってしまったのは失敗だった。気温が高いのはいいが、ベタベタとしたこの空気はかなりつらい。乾いた空気に慣れてしまった身体《からだ》にはことのほかこたえた。

それでも、これから大事な幼なじみに会えるのだと思えば、暑いなかを歩く気力も湧《わ》いてこようというものだ。

成田まで来たいと言っていた幼なじみは、時間的に無理だとわかると、せめて駅までは行くとメールをくれた。文面からは必死さが伝わってくるようで、自然と理央《りお》の表情は柔らかくなった。

六歳下の幼なじみとは、彼が生まれた頃からの付きあいだ。母親同士が親友という関係なので、血のつながりはなにもないのだが、実際の従兄弟《いとこ》よりも近い関係だと思っている。理央からみれば弟のようなものだった。互いに一人っ子なので、向こうも理央のことは兄のように思っているらしい。

すでに日は落ちていて、乗りこんだ電車はかなり混《こ》んでいた。留学先のアメリカでは車を使っていたので、電車に乗ること自体が久しぶりだった。

日本人男性の平均身長を上まわっている理央は、いまも周囲から頭半分くらいは飛び出している。一八〇センチなので、長身といって差し支《つか》えないだろうが、どうやら彼は実際よりももっと大きく見えるらしい。頭が小さいので頭身が高くなるせいもあるのだろう。体格自体は細身なので、留学中は痩《や》せすぎだとよくからかわれたものだった。

理央はフランス系のアメリカ人の父と日本人の母とのあいだに生まれたハーフだ。見た目はやや父親よりで、ひと目でハーフと言われるし、人によっては外国人だと思う者もいた。髪は明るい栗色《くりいろ》で、軽く癖があるのでふわりとした印象になり、目はライトブラウンに近いヘーゼルだ。平均的な日本人よりも色は白くて目鼻立ちははっきりとしていて、作りもののようだと何人かに言われたことがある。日本で学生をやっていた頃は、よく王子さまのようだとも言われた。

自分が容姿に優れているのは知っていた。二十五年生きていて、飽きるほど見た目を褒められれば否応《いやおう》なしに自覚するというものだし、せっかく授かったものならば、有効に生かそうという考えもある。しかしながら、いまのところこれといって有効活用できたことはなかった。

異性同性問わずにもてるのは確かだが、その分煩《わずら》わしいことも多い。派手な外見のせいで、遊び人だと決めつけられるのも癪《しゃく》だった。

ふと気がつくと、目の前の座席に座っていた大学生くらいの女性が、じっと理央を見ていた。目があうと、慌《あわ》てて下を向いてしまったが。

（んー……このメイクってどうなのかなぁ……）

目のまわりはアイラインで真っ黒だし、つけまつげのボリュームがありすぎて、すごいことになっている。理央もよくまつげが長いとかバサバサだとか言われるが、人工的なまつげのボリュームは生半可なものではない。

あまり長く見ているのも失礼かと、視線を外した。

付きあうならば、もっとおとなしそうなタイプがいい。ちょっと放《ほう》っておけないタイプなんかが理央のタイプだ。あくまで理想であって、過去にそんな相手と付きあったことはないのだが。

彼女と呼べる相手はいままでに五人いた。中学で一人、高校で二人、日本の大学に通っていたときに一人。そしてアメリカ留学中に一人だ。いずれも一年から二年ほど付きあい、そのほとんどが、相手に去られるという形で終わった。

恋愛経験としては少なくないだろうが、特別多いほうでもないはずだ。恋愛関係以外で女性と肉体関係を持ったこともない。だが噂《うわさ》ではおそらく、もっと遊んでいることになっていたようだ。イメージが先行したのも理由だし、理央に交際やセックスを断られた子があることないこと吹聴《ふいちょう》したせいもある。それなりに偏差値の高い大学だったのに、くだらない真似《まね》をする学生もいたものだ。留学したのはもっと専門的な勉強をしたかったこともあるが、そういった周囲が煩わしかったせいもあった。

（そのせいで寂しい思いさせちゃったな……）

可愛い幼なじみの顔を思いだし、理央はかすかに微笑《ほほえ》んだ。

留学中も頻繁に連絡は取りあっていた。定期的に電話をしていたし、メールする回数はかなり多かった。なにか変わったことがあれば、さらにその頻度は高くなった。おかげで互いの近況は常に把握できている。

それでも実際に会うのは二年ぶりだ。理央はこの二年間、一度も帰国しなかったし、幼なじみが海を渡って会いに来ることもなかったからだ。

早く会いたい。そしてできるならば、一緒に暮らしたいと思っている。

かなり難しい話なのは承知の上だった。

理央は電車を降り、新しく住むだろう場所の最寄り駅へと降り立った。手にしているのは数日分の荷物だけだ。大きな荷物は実家に送り、住むところが決まったら引き取ることになっている。

駅前で立っている理央を、駅の利用客たちはこぞって見ていった。特に女性の視線は露骨で、しかも熱が籠《こ》もっていた。きゃあきゃあと騒ぐ子もいたし、勝手に携帯電話を向けてくる者までいる。

さり気なく顔の近くに手をやって撮影を邪魔したが、理央の周囲はいつまでたっても落ち着かなかった。

そういえば日本にいた頃は何度もスカウトされた。相変わらずこの容姿は目立つらしいと、溜《た》め息をつきたくなった。

この感覚は久しぶりなので少し疲れるが、そのうち以前のように慣れて、気にならなくなることだろう。

「理央……！」

耳に馴染《なじ》んだ声に視線を向けると、大事な幼なじみが嬉《うれ》しそうな顔をして駆けよってくるところだった。

京野奎斗《きょうのけいと》――大事な大事な、理央の幼なじみだ。

やはり可愛い。いや、きれいと言ったほうがいいだろうか。少年から青年になりつつある彼は、そこいらの女の子が裸足《はだし》で逃げだすほどに可愛らしかった。しばらく見ないうちにそこはかとない色気まで加わって、非常に魅力的な青年になっている。

とはいえ理央にとってはあくまで弟のようなものだ。ふつふつと湧いてくるこの愛情が恋に変わることはありえなかった。

「久しぶり！」

思わず奎斗をぎゅうっと抱きしめると、どこからか色めき立った女性たちの声が聞こえた。

だが理央は周囲の声などもう気にならなくなっていた。

なにしろ可愛い奎斗がここにいるのだ。ほかのことなんてどうでもよかった。というよりは、視界や意識から排除したかった。

「あれ……？」

理央よりかなり低い位置にある顔が、ひどく不思議そうなものになった。小さく首を傾《かし》げる姿は、まるで小動物のようだ。

理央は自分の顔が緩んでいるのを自覚しつつ、甘ったるい声で返した。

「ん？　なに？」

「理央、なんか縮んだ？」

「……は？」

「もっと大きかったよね？　一八五くらいなかったっけ？　あれ？　確か滉佑《こうすけ》さんと同じくらいだったはず……なんで、なんで？　それに、痩せちゃってひとまわり以上小さくなったような気がする」

なかば独り言に近い呟《つぶや》きを聞き、理央は思わず無言になってしまう。いろいろと突っこみたいことはあるが、なにより気になったことは、意識から排除しようとしていた人物の存在を、否応なしに突きつける名前だった。

滉佑って誰、とは訊《き》くまでもない。さっきから奎斗の後ろで冷ややかな視線を送ってくる、無駄に長身で美形な男のことだ。

「……縮んでないし、痩せてもいないよ」

「えーでも」

「二年会ってないあいだに、記憶の改ざんしちゃったの？」

「う……うーん……？」

奎斗はまだ納得できない顔をしていたが、なんとか自分のなかで折り合いを付けたようだった。痩せるのはともかく、理央の歳《とし》で何センチも縮むことはないと頭ではわかっているからだろう。

「俺、なんか間違ってた……？」

「そろそろいいか？　ここにいたら目立つし、移動しないか？」

低い声が聞こえてきた途端、奎斗ははっと息を呑《の》んで振り返った。理央とは違い、完全にその存在を忘れてしまっていたらしい。

わかりやすい態度に、声をかけた男は少しだけおもしろくなさそうな顔をした。

「そ、そうですね、滉佑さん。えーと、じゃあ移動ってことで」

奎斗はふたたび理央に視線を戻し、荷物を持っていないほうの手をつかんで引いた。そこに色っぽい気配はまったくない。子供が兄弟や友達、あるいは親の手を引くのとなんら変わりないのだ。

だがそれを不快そうに見ている男がいた。

賀津《かつ》滉佑――。名前を始めとするデータはいろいろと持っていた。初対面だが、顔についても奎斗がツーショット写真を送ってきたので知っている。

これが奎斗の彼氏かと思うと、いろいろと複雑な気分だった。

歳は理央よりも二つ下だと聞いているが、もっと上に見える。見た目が老成しているだけでなく、妙な落ち着きがそういった印象に仕上げているようだ。体格は明らかに理央よりもいい。どうやら奎斗は理央が同じくらいだと思いこんでいたようだが、身長は五センチ近く違うようだし、向こうのほうががっしりとした体付きだ。

「その前に、一応挨拶《あいさつ》させてよ」

「あ……そっか」

「初めまして、佐條《さじょう》理央です。奎斗がお世話になってます」

にっこりと笑みを見せると、こちらに注目していたギャラリーが色めき立った。そろそろこの反応にも慣れてきてしまった。

「賀津滉佑です。お噂はかねがね……今日はゆっくりなさってください」

「ありがとう」

空々しい会話だと、言いながら思った。きっと賀津は不本意なのだろうし、自分以外の男に恋人が懐《なつ》いているのをおもしろくないと感じているに違いない。まして理央と奎斗の付きあいは長いのだ。

（まぁでも、意外にちゃんとした反応。写真よりいい男だったし……）

思っていたよりも賀津はまともだったらしい。奎斗からもそう聞いていたが、惚《ほ》れた欲目というものもあるので、話半分に聞いていたのだ。自らも研究職である身で言うのもおこがましい話だが、なにかにのめりこんでいる人間のなかには、社会性が乏しい者が珍しくないからだ。

ちなみに理央は、自分には一般常識と社会性、そして生活能力が充分に備わっていると自負している。

見たところ——そして奎斗から聞いている限り、賀津もそう大きく外れていないようだ。そうでなければ、奎斗を安心して預けていられない。

もとより反対する気はないし、理由もない。賀津が不誠実だったりとんでもない性癖があるというならばともかく、奎斗にはあくまで優しく誠実な恋人らしいし、おかしな趣味もないようだ。多少Sっ気はあるらしいが、それは許容の範囲だった。奎斗がいやがっていないのならば問題はない。

だが邪魔くらいはしてやりたい、というのが本音だった。大事な可愛い弟分を取られてしまったのだ。

「駅の近くに、いい物件ってあるかな」

「あるかもだけど、高いみたいだよ」

「シェアすればいけるかなぁと思ってるんだけど」

にこにこ笑いながら隣を歩く奎斗を見ると、困ったような顔で見つめ返された。だがすぐにその顔は前を向いてしまう。

いや、前ではなく賀津の背中を見ていた。

奎斗が見つめるのはもう理央の背中ではない。それを再会して五分で思い知らされてしまった。

ショックはないが、一抹《いちまつ》の寂しさはある。子離れしないうちに親離れされてしまったような気分だった。

やがて見えてきたマンションは、現在奎斗が賀津と暮らしているところだ。彼らは恋人同士だが、一応同棲ではない。なぜならばもう一人の同居人がいるからだ。賀津の従弟《いとこ》にして奎斗の友人である青年と、三人暮らしなのだ。

「もう一人の子……太智《たいち》くんって言ったっけ。彼もいるの？」

「うん。理央に会うの、楽しみにしてたよ。なんか、ものすごく期待しちゃってるみたいだけど」

まるでアイドルに会えると言われたファンのようだと奎斗は笑う。

「奎斗が大げさに言ったんでしょ」

「言ってないよー」

「いろいろ記憶が改ざんされてたみたいだし、あやしいな」

和やかに話しているあいだ、前を行く賀津は振り返ることもなかったし、もちろん口を挟んでくることもなかった。そこまで嫉妬《しっと》深くないだけかもしれないし、単に表に出さないだけかもしれない。

いずれにしても可愛くないな、と思う。とても年下とは思えない落ち着きようだ。

(早く家見つけて、一人で暮らせ……とか思ってそうだよね)

理央が奎斗との同居を狙《ねら》っているのを、賀津は知っているのだ。だが表面上は敵意や悪意を向けては来ない。愛する奎斗の兄代わりだから、遠慮しているのだろう。

マンションに入ってエレベーターに乗りこむと、奎斗は反応をうかがうように理央を見あげてきた。

「太智はね、昔のことに興味あるみたい」

「ああ、キティと愉快なパートナーね」

「愉快って……」

呆気《あっけ》にとられている奎斗と苦笑している賀津の目が、理央に向けられた。

数年前に、理央は奎斗に付きあって夜の町でひと騒ぎを起こした。そのときに身許《みもと》がバレないように奎斗に女装をさせたので、正体不明の美少女は地元で「キティ」と呼ばれてしばらく話題となった。

そもそもキティというのは、奎斗が子供の頃のニックネームだ。だが呼んでいたのは理央だけだったし、それもごく短いあいだのみだったので、それを知る者は互いの家族以外にはいない。正体を隠して行動をするとき、とっさの呼び名が必要だということで、一時的に復活させ、それを耳にした者から噂が広まったのだった。

ところで一緒に行動していた理央には呼び名はなく、ハーフか外国人らしい美形……としか言われていなかったようだ。髪をスプレーで金髪に染め、ブルーのカラーコンタクトレンズを入れた上でマスクで鼻と口を覆っていたためだ。

注目を浴びていたキティとは違い、そのパートナーにはさほど興味を抱《いだ》かれなかった。やはり謎《なぞ》の美少女のほうが、人の興味を引いたのだろう。

「だってほら、僕はキティのおまけだったから」

「でも本当はほとんど理央がやっつけたのに」

「そこはやっぱりインパクトじゃない？　そのあたりは、賀津くんが研究してるんじゃないのかな」

にっこりと笑うと、賀津は小さく肩をすくめた。

賀津は伝承や都市伝説といったものの研究者だ。そしてキティのこともずっと追い続けていたという。多くの人間がそうだったように、彼もまたパートナーである理央にはほとんど興味を示さなかったらしい。キティの正体に辿《たど》りつくための、手がかりとしか思っていなかったようだ。

「ただいまー」

「おっかえりーっ」

玄関を開けて声をかけると、奥からバタバタと一人の青年がやってきた。奎斗のもう一人の同居人だ。身長は奎斗と同じくらいか、やや高い程度で、愛嬌《あいきょう》のある顔立ちをしている。目立つ感じではないが、どこへ行っても人気者になりそうなタイプだ。実際に顔が広くて社交的だということだった。

彼は奥《おく》太智という名で、奎斗と同じ歳の大学一年だ。彼の紹介で奎斗は賀津に出会ったのだ。太智は賀津の後輩にして従弟らしい。

「どうも初めまして、奥太智です！」

「こんばんは。佐條理央です」

妙にきらきらとした目を向けられて、苦笑しそうになりつつも笑顔を返した。賀津に向けたものより心がこもっているという自覚はあった。

「あ、上がってください。いまお茶いれますんで。って、紅茶とコーヒーとどっちがいいっすか？」

「理央はコーヒーだよ。で、こう見えて甘党だから砂糖も」

「ラジャー」

ぴしりと敬礼をして太智はキッチンへと入っていく。

最近買い換えたというソファは、二人がけのものが向かいあうように設置されていて、真ん中にはガラステーブルがある。なぜか理央は一人で座り、向かいには奎斗と賀津が並んで座っていた。理央の隣には太智が来るということらしい。

リビングはそこそこの広さがあるし、部屋数もある。これならば三人で住んでも余裕だろうが、きっと賀津は太智が出ていけばいいと思っているに違いない。奎斗の話では、涼しげな顔をして意外と独占欲を発揮する場面も多いようだ。縛りつけるほどではないらしいし、奎斗がストレスを感じるようなこともないらしいが、過干渉な部分はあるようだった。

そのあたりが理央にはよく理解できない部分なのだ。恋人の目を自分だけに向けさせたいとか、ほかの男に触れさせたくないといった気持ちはわかるし、二人だけでいたいというのも自然な感情だとは思う。だが恋人がどこで誰と会っていようと、そこに疚《やま》しい気持ちがなければいいのではないか、というのが理央の考えだった。

必ずしもそれが正しいと思っているわけではない。むしろ恋人としてマイナスポイントにもなりうることは知っていた。過去に付きあった相手のうち三人は、理央の態度に不安を覚えた末に、本当に自分のことが好きなのかわからない、というようなことを言って去っていったのだから。あとの二人は、はっきりとした理由は言わず、もう付きあうのがつらい、というようなことを言っていた。

理央は恋人を結構かまうほうだった。基本的に世話焼きだし、まめでもある。けれども相手を過剰に束縛したり干渉したりする気がないので、相手が誰といようと平気だし、詮索《せんさく》もしない。それが人によっては好かれていないのではと感じる要因となるようだ。

想いの強さと干渉や束縛の度合いは関係ない。嫉妬するかどうかも同じだ。単なる性格による差でしかないのに、それらをしないだけで本気を疑われるのは不本意だった。

いい加減な気持ちで付きあったことはなかった。どの恋も引きずったりはしていないが、それも性格ゆえだ。気持ちの強さや軽さとは関係ない。薄いか濃いかと言われたら、薄いほうとしか言いようがないかもしれないが。

「理央」

自分の考えにどっぷりと浸《つ》かっていたら、奎斗の声に意識を引き戻された。

「ごめん。ちょっとぼんやりしてた。なに？」

「今日は俺の部屋で寝てもらっていい？」

「もちろん。久しぶりだね、一緒に寝るの」

積もる話もいろいろあるし……と思っていると、奎斗はひどくすまなそうな顔をした。そしてちらりと賀津を見やり、苦笑をもらした。

「えーとね……俺は滉佑さんとこで寝るから……」

「……ふーん」

理央は片方の眉《まゆ》だけを器用に上げ、冷ややかな目で賀津を見た。

なんて狭量な男なのだろうか。幼なじみと二年ぶりに会ったのだから、少しは気を使えと言いたい。

しかし賀津は蔑《さげす》みの視線などどこ吹く風で、奎斗の髪を優しく梳《す》いている。まるで猫の子を撫でているようだ。

あれは数年前まで理央の特権だった。せっかく日本に帰ってきたというのに、もう昔のように奎斗をかまえないというのだろうか。

（つまらない……）

可愛がっていた子猫は、もう別の飼い主のものなのだ。わかっていたことだが、こうして実感させられると、寂しさもひとしおだった。

再会してほんの二十分ほどで、理央は昔のようにはいられないことを、いやというほど理解させられた。

「そ、そういえばさ、理央は明日もう大学行くの？」

あからさまに話を逸《そ》らされたが、すんなり乗ることにした。いつまでも引っ張るのは大人げないし、奎斗を困らせたくもない。

「とりあえずウィークリーマンションにでも入って、荷物置いたら行ってこようかなと思ってるよ」

「え、ウィークリー？　部屋探さないの？」

「探すよ。探すけど、即決したくないし、まだ一人か二人かもわからないからね」

本当はもう奎斗と暮らすことは諦めているが、賀津への当てこすりもかねて言ってみる。

しかし慌てたのは奎斗だけで、賀津のほうは小憎たらしくも薄い笑みを浮かべていた。

「同居人が欲しいんでしたら、太智なんてお勧めですよ。多少うるさいですが、心身共に頑丈にできてますから、粗雑に扱っても大丈夫ですし」

「さらっと言うよね」

従弟への扱いがぞんざいらしいことは想像できていた。奎斗ははっきりそう言ったわけではなかったが、ニュアンスでなんとなくわかるものだ。

コーヒーをいれて持ってきた太智は、どこか達観したような顔をしていた。慣れているのだろう。

「えーと……理央さんが入る研究室って、高周波通信の……なんですよね」

「うん」

「理央さんが入ったら、ゼミに女子増えるよな、絶対」

「そもそも学部に女子が少ないからな。集中するかもしれないな」

太智の言葉に、賀津はあっさり同意を示した。

「講義とかもするんですか？」

「春からね。それまでは助手みたいなものかな」

企業の研究室に入る話もあったのだが、理央にはその気がなかった。学生からは人気のないゼミらしいが、かえってそれがいいと思っている。

「学部違うから、誰も詳しいこと知らないんだよね。評判とかもよくわかんないし」

「いいよ、大丈夫。基本的に変わり者を相手にするつもりで来てるからね。っていうか、学生のときからずっとそうだったから、慣れてるよ。いままで、まともな人に会ったことないしね」

日本の大学に通っていたときも、渡米してからも、理央が遭遇してきた教授や講師はすべて一風変わった人物だった。なかには社会に適応できないんじゃないかと疑いたくなるような人物も、マッドサイエンティストとしか思えない人物もいた。もしかすると当たりが悪いのかもしれない。

「そ、そうなんだ……」

奎斗は苦笑をしているし、太智は気の毒そうな目をしていた。賀津はといえば、相変わらずどうでもよさそうだった。

「それより、大学のカフェとか学食とかって、どうなの？」

「えーと、そこそこ……かな」

「だね。奎斗のご飯のほうがうまいけど」

太智は言いながらうんうんと頷《うなず》き、賀津もしたり顔だ。一方、褒められた奎斗は慌てふためいていた。

「そんなことないってば。いや、ほんとに。理央と比べたら、俺なんて全然だよ」

「理央さん、うまいんですか？」

「まぁね。うちの親、仕事が忙しかったから、ガキのときから家事やってたの。っていうかね、忙しくなくてもたぶん、ダメダメだったと思うけど」

理央の親は、どちらも家事能力に欠けた人たちだった。父親がそこそこの金持ちなので、小さな頃は人を雇って家のことをさせていたから、理央がすくすくと成長できたのはひとえに当時の家政婦さんのおかげだ。その後、両親は仕事を理由に別居を始め、父親はずっとドイツで暮らしているし、母親も小さな会社を切り盛りしていて忙しい。すでに別居生活も十五年になるというのに、いまだ夫婦で居続けていることが不思議でならなかった。父親に現地妻でもいるんじゃないかと疑ったこともあるが、どうやらそんな事実はないらしいし、母親も恋人や愛人を作った形跡がない。

そんな奔放な夫婦の代わりに理央を育ててくれた人は、理央が中学生のときに高齢を理由に退職した。以降、理央は自分で家のことをやってきた。代わりの人を入れようという話も出たのだが、理央がいやだと言ったのだ。

「親の家事能力が死滅してたおかげで、僕はプロ級だよ。家政婦さんとして食っていける自信がある」

「えー、意外……見た目から想像できねー……。だって黙ってたらモデルみたいなのに。それ言ったら、研究員とかも似合わねーけど」

「まぁ、派手だよね」

「自覚ありですか」

「この歳でなかったらバカだよ」

恋人から信用されなかった原因の一つに、この見た目もあったはずだと理央は思っている。派手だから遊び慣れているだろう。女の扱いにも慣れているはず。浮気をして当然。そんなふうに思われてしまう。そして寄ってくる女性といえば、自分に自信がある、派手で我の強い女性ばかりで、理央の好みではない。

「ま、僕の人生には、いまのところ無駄な容姿だよね」

笑いながら言ってコーヒーを飲む理央を、奎斗と太智は唖然《あぜん》とした様子で見つめていた。

人生なにがあるかわからない。

理央がしみじみとそう思ったのは、大学に出向いて間もなくのことだった。

今日は朝食を奎斗たちと一緒に取り、すぐに駅近くのウィークリーマンションにとりあえず一週間の滞在を申しこみ、荷物を運び入れた。狭いが、どうせ寝るだけなのでこだわりはない。そして駅前のカフェでランチを取ってから書店に立ちより、約束の二時になってから大学へとやってきたのだ。

そこで知らされたのは、理央が入るはずだった研究室が事実上、今朝消滅したという話だった。

「いや、本当にこちらもびっくりで。あちらも混乱していたらしくて、電話をくださったのがついさっきだったんですよ」

「はぁ」

「昨日までお元気だったのに……」

年嵩《としかさ》の職員はそう言って遠い目をしたが、それをしたいのは理央のほうだ。

ようするに教授が今日の未明、病で倒れて亡くなったのだ。研究室にはもともと学生が三人在籍していただけで、研究を引き継ぐような人材はこの大学にはいない。もちろん来たばかりの理央では無理……というわけで、研究室は消滅するわけだった。在籍していた三名の学生は、ほかへ移ることになるという。

「あの……お通夜《つや》とか告別式とか、出たほうがいいですよね？　面識はないんですけど、何度かメールと電話でのやりとりはあったんです」

「あ、それなんですけどね、ご遺族の方から家族葬にするので、ご遠慮くださいって言われたんですよ。故人の希望だそうで」

「そうですか」

　理央は軽く頷いた。それならそれで気も楽だ。喪服は実家に置いてあるから、取りに行くのも面倒だと思っていたところだった。

　ふと気がつくと、職員の隣に座ってずっと黙っていた学部長が、言いだしにくそうに口を開いた。

「それで……なんだがね、佐條くん」

「はい」

「こういう事態になったものだから、別のラボに入ってもらうことにしたいんだが……どうだろう。君の研究分野に一番近いのが、人体近傍《きんぼう》電界通信……の発展系というか、まぁ少し違うものにはなっているんだが……とにかく、桐原《きりはら》丞《たすく》という人物の研究室でね。名前を聞いたことは？」

「あるような気がします」

　さりとてその程度だ。もしかしたら論文くらいは読んだことがあるかもしれないが。

「そうか。うん、若いが優秀な男だよ。今回のことを話したら、快く迎え入れてくれるということでね。そこで君は、自分の研究を進めてくれてかまわないから。言うなれば間借りのようなものかな。もちろん桐原くんの研究に興味を持ってくれたら、それに越したことはないんだけどね」

「わかりました。お手数をおかけしてしまって、申しわけありませんでした。ありがとうございます」

理央のせいではないが、手間と気を使わせたのは事実だから、謝意は示しておいた。すると職員も学部長もなぜか驚愕《きょうがく》し、それからひどく感激した。

そして口々に、いい人が来てくれたとか、彼ならば……とか、独り言なのか語りかけなのかわからないことを呟き、居心地が悪いほどの期待のまなざしを向けてきた。

ここまで来るともういやな予感しかしなかった。

「あの、三人の学生も僕と同じところに移るんでしょうか？」

「いや……それが、連絡が付いたのはまだ二人だけなんだが、どちらも違うところを希望していてね。たぶんもう一人もそうじゃないかと……」

「一番近い研究なのに……？」

「ま、まぁいろいろ思うところもあるんだろう。うん」

どう聞いても桐原研究室とやらに、なんらかの問題があるとしか思えない。学生たちがいやがるほど研究内容がきついか、桐原という人物に問題があるか――。

「では、早速案内してあげなさい」

「はい。行きましょうか」

学部長の妙に生ぬるい目に見送られ、理央は職員に案内されるまま研究棟へと向かった。

この大学で最も古い建物に目指す研究室はあるという。古いといっても補修はしてあり、耐震性などには問題ないと職員は力説した。安全の部分にのみ力が入っていたから、きっとそれ以外の問題があるのだろう。

「冷暖房は入るんですか？」

「そこまで古くないよ。ただ……ちょっと日当たりは悪いかな。まぁ、カーテンも窓も開いてるのを見たことないから、関係ないかもしれないけどね」

ははは、なんて軽く笑われてしまったが、理央は一気にテンションが下がった。薄暗くてカビくさいイメージが一瞬にしてできあがったからだ。

「ほかの問題はありそうですか？」

「ん？　あー……うん、その……少し変わった方なので、戸惑うこともあるかもしれないですけど、悪い人じゃないですから」

やはりそうかと納得した。一連のやりとりからある程度の予想はしていたので、特に気持ちは動かなかった。

「ああ……いや、この世界で変わってない人に会ったことがないので大丈夫です」

さらりと返すと、職員はあからさまにほっとした顔をした。いきなり足早になったのは、理央の返事のせいだろうか。

やがて到着した部屋は、棟の一番北側に位置していた。ノックをしてから、職員は静かにドアを開けた。

「失礼します。先ほどお話しした佐條さんをお連れしたんですけども……」

職員の視線が向かう先には、白衣の下に黒いTシャツを着た男がいた。パソコンを親の敵《かたき》かなにかのように睨《にら》んでいたが、再度声をかけると、迷惑そうに顔を上げた。

まず目に入ったのは、無精ひげだ。それからブラシか櫛《くし》を通せと言いたくなる髪。全体としては長くないのに、前髪が目にかかって影を落としており、しかも寝不足なのか目の下には隈《くま》があった。

ついでに目つきがすこぶる悪かった。道でこの男に会ったら、十人に九人は目を逸らして避《よ》けて歩くレベルだ。

(思ったより若い……気がする)

おそらくは三十の後半といったところだろうか。第一印象としては、むさ苦しいタイプの研究者だった。

この手のタイプはよくいる。研究に没頭、もしくはなんらかの原稿に追われるあまり、人間としてのまともな生活を忘れてしまうのだ。白衣を着ているのは、たぶん着替えがないからだろう。あるいはTシャツ一枚では寒いのかもしれない。

（想定通り）

理央はにっこりと笑った。

「佐條理央と申します。急なことでご迷惑かと思いますが……」

「まったくだな」

「……よろしくお願いします」

よし、言いきった。途中でなにやら声が聞こえたが、面倒なので聞かなかったことにした。理央にとっても今回のことは想定外のことだが、相手にとってもそうだろうから、ここは殊勝な態度を取っておくに限る。

この研究室の主と思われる男は、じっと理央を見るだけで口を開こうとはしなかった。見かねて職員が佐條に笑いかける。

「こちらが桐原丞准教授。えーと、ここには学生が二人なんですが、一人は体調不良で休んでいてね。まぁ少数精鋭って感じで。では、わたしはこれで」

よくわからない言葉で勝手に締めてしまうと、職員は逃げるようにして研究室を出ていった。長居したくないと顔に書いてあった。

見送ってドアを閉めて振り返ると、桐原はまだ理央を見ていた。値踏みするような、あるいはなにかを探っているような目だった。

視界の隅でなにかが動いたかと思ったら、のそりと大柄な男がパーティションの向こうから現れた。やはりこちらもひどい、としか言いようがなかった。

桐原と同じく無精ひげに、あちこち跳ねまくった髪。しかも理央と目があっても、表情がまったく変わらなかった。愛想笑いをしろとは言わないが、なにか反応らしいものをしてくれてもよさそうなものだ。

（どいつもこいつも、僕への当てつけか）

ひげが限りなくないに等しい理央は、言いがかりのような悪態を心の中でついていた。もちろん情けないのは承知の上なので、絶対に口に出すつもりはなかった。

青年──休んでいないほうの学生は、ふいにぺこりと頭を下げた。

ひとまず挨拶する気はあったようだ。

「僕のことは聞いてる？」

尋ねれば、頷くだけの返事があった。無表情な上に無口らしい。

「佐條理央です。君の名前は？」

「井田《いだ》……傑《すぐる》っす」

「院生？　何年？」

「修士の一年」

とりあえず問いかければ答えてくれるようだ。さっきからものも言わずに見てくる桐原よりは、ずっと印象はいい。

（うん、熊だね）

うんうんと理央が頷いていると、井田はまたのそりと動きだし、実験装置らしきものの前に座った。背中が無駄に大きいのと、着ているTシャツがよれて色あせているのが非常に気になった。

「おい」

低い声が飛んできて、理央は桐原に視線を戻した。そちらを向くと、いやでも視界に入ってくるものがある。さっきからあえて目を逸らし、なかったことにしてきたものだ。

部屋の中央に置いてある大きな机は、おそらく本来は学生たちが囲むようにして座って使用するものなのだろうが、いまはとても使える状態ではない。なにしろぐしゃぐしゃになった毛布が載っていて、余ったスペースにもこれでもかというほど雑然とものがある。バランス栄養食の空き箱や飲みかけのペットボトル、おにぎりやサンドイッチに巻いてあったと思われる包装フィルム、本やファイルや郵便物といったものが、実に雑然と、法則などまったく見つからない状態で載っているのだ。

室内にはTシャツやタンクトップも干してあった。適当に手洗いし、そこらに引っかけてあるだけなのだろう。

椅子《いす》にふんぞり返って座る不遜《ふそん》な男は、目があうと軽く顎《あご》をしゃくって言った。

「とりあえず茶をいれて、そこらへん片づけろ。春までは助手として扱っていいと聞いてるが、必要なのは雑用だ。文句があるなら、よそへ行け」

すでに話が違うと思ったが、いきなり嚙《か》みつくほどのことでもない。掃除についても今日やるか次回やるかの違いでしかないし、ひどい有様《ありさま》の机を黙って見過ごせるものではなかった。いや、ひどいのは中央の机の上だけではなく、棚も個人の机もだったが。

「じゃ、先に掃除します。せっかくいれたお茶に埃《ほこり》が入ったらいやなんで」

「気にしない」

「僕がいやなんで、あとです」

きっぱりと言い放ってから、掃除に着手した。桐原がムッとして睨んできていたが、無視していたら間もなく作業に戻っていった。

「カビくさい……」

毛布を畳《たた》もうとして、思わず顔をしかめた。一体いつから洗濯していないのかと思ったら、持っているのもいやになった。

(捨てたいんだけど、これ。ダニとかいないだろうな)

だいたいこの部屋自体が臭《にお》うのだ。いろいろな匂いがまざりあい、非常に不快だった。風を通す必要があった。

「窓開けますねー」

「おい」

咎《とが》める声を無視し、理央はすべてのカーテンと窓を開けた。それから廊下側のドアも開けはなった。

「誰が開けていいと言った。閉めろ」

「開けるなとも言われなかったと思うけど」

「だったらいま言ってやる。開けるな」

「いや、聞く道理もないんで。それに空気を入れ換えないと、マズイでしょ。気付いてないのかもしれないですけど、ここってかなりくさいから。開けられるのいやなら、空気清浄機買ってよ。人間的に問題あるのはガマンするけどさ、物理的な環境が劣悪なのはガマンしたくないんだよね」

顔も見ないで返し、理央は机の片づけを続行した。

無闇《むやみ》に反抗するつもりはないが、必要ならば我を通すつもりだ。そして言いたいことを呑みこむ気もなかった。

職員や学部長の様子からわかったのは、大学が桐原の扱いに窮しているということだ。持てあまし気味と言ってもいい。つまり理央が正当性のある行動を取っているうちは、大学側から咎められることもないと踏んだ。

チッと舌打ちが聞こえ、椅子がきしりと鳴った。桐原が椅子ごと理央に向きなおったのだ。

「ずいぶん生意気だな」

「えー、初めて言われた」

あははと笑いながらも手は止めなかった。ゴミを集めて袋に入れ、資料の類《たぐい》は纏めて机の隅に置いた。

「なんでタメ口なんだ。敬語はどうした敬語は」

「いまのとこ、尊敬するに値しない感じなんで」

「本当に生意気だな」

舌打ちは聞こえたが、怒気はさほど込められていないような気がした。むしろ口もとが笑って見えた。

「なに？　まさかのM？」

「黙って掃除しろ」

「あー、はいはい」

ぞうきんを探したら、カラカラに乾いたものが見つかったので、濡《ぬ》らして絞って机を拭《ふ》いた。こびりついた汚れも、ゴシゴシ擦《こす》ってなんとか落とす。

桐原は不機嫌そうに理央の作業を見ていた。

「僕の作業を見てたって、なんにもならないよ。仕事したら？　論文か原稿でしょ？　せっぱ詰まってるんだよね？」

「俺に指図するな」

「はいはい」

適当に流し、今度はゴミ袋を持って部屋のなかを歩きまわりながらゴミを拾った。あちこちに埃が溜まっているのを見て、いつから掃除していないのかと目眩《めまい》を覚えた。

「ほうきとかモップとか、ないの？」

「探せばあるだろ」

「じゃ、勝手に探させてもらいまーす」

許可は得たとばかりに、理央は遠慮なく扉を開けていく。気になっていたドアの一つは三畳ほどの資料室になっていて、思った通り壁を埋め尽くす棚はひどい有様だった。

結局ほうきはロッカーのなかから見つかった。開けた途端に雪崩《なだれ》が起きたロッカーを整理したら出てきたのだ。

「今日はとりあえず、ざっとだね。あー、まともな掃除道具もないんだな、ここ。なんかもう、いろいろ足りない……」

床を掃いて、これもまたロッカーから見つかったモップで拭いてから、ようやく理央は窓を閉めた。なんだかんだと言いながら、桐原は窓を閉めたりはしなかった。単純に自分で閉めるのは面倒だっただけかもしれないが、井田に命じなかったくらいだから、一応理央の言葉に納得したのかもしれない。

本当は棚やパソコンのまわりなど、あちこちに埃が積もっているのが見えて気になったが、今日は手を付けないことにした。明日に持ち越しだ。

「さて……と」

片隅にある給湯スペースに立ち、なにがあるのか確認すると、インスタントコーヒーしかなかった。紅茶の缶もあったのだが、日付が数年前だったし、見たら茶葉が変な色と臭いを放っていたので処分することにした。

ミニ冷蔵庫を覗《のぞ》いてみたが氷は作られていなかった。というよりも、入っているのは清涼飲料水と冷凍食品のみだったのだ。それ以外にもカップ麺《めん》がいくつか見つかった。電気ポットもあるが、いまは使っていないようだ。シンプルなタイプの電子レンジもあるので、冷凍食品はこれで加熱するのだろう。

「コーヒーしかないけど。アイスコーヒーも無理そうだし」

問いかけるでもなく呟くと、まるで返事のように腹の虫が聞こえてきた。パーティションの裏からだった。

「腹減ってんの？」

「……朝から食ってないっす。先生も」

「冷食しかないよ。しかも焼きおにぎり二個って……ああ、ちょっと待ってて。いまなにか買ってくる」

「だったらこいつを持っていけ」

「ちょっ……」

背後から声がして振り向くと、弧を描いてなにかが飛んできた。とっさに受け取ると、それは焦げ茶色の革財布だった。長く使っているようだが古めかしい印象はなく、使いこんだ革の風合いがいい味を出していた。

「意外といいもの使ってるんだね」

ブランドものではないが、かなりものがいい。職人が手作業で作っているタイプの代物《しろもの》だろう。

「意外は余計だ。さっさと行ってこい」

「いや、財布ごとっていうのはどうかと。あとでもいいし、千円くらい預けてくれるとかでも充分なんだけど」

「面倒くさい。いいから早く行け。食いもの以外にも必要なものがあれば、ついでに買ってこい」

「……OK、ボス」

理央の呟きをしっかり拾っていたことに少しだけ驚いた。思ったよりは人の話を聞くようだし、最低限の配慮はできるらしい。

にっこり笑って理央は研究室を出た。足早に廊下を進みながら、手にした財布の中身をちらっと確認する。これで金がろくに入っていなかったら笑えるのだが、一万円札が数枚と各種カードが見えたので全然笑えなかった。

（会って一時間の相手に財布渡すか？）

しかもクレジットカードが二枚、銀行のキャッシュカードとおぼしきものや、保険証まで入っている。

いやいや、と理央は小さくかぶりを振った。これは簡単に渡していいものじゃないだろう。どうやら理央が付きあっていかねばならない相手は、いろいろな角度から見て問題があるようだ。

研究棟から出ると、すぐにいくつもの視線が理央に集まった。まだ夏休み中だから学生の姿は少ないが、それでもちらほらと人の姿はあった。理央は足を止め、一番近くにいた女の子に声をかけた。

「すみません、ちょっと訊きたいんですけど、売店とかコンビニみたいなのって、どこにあります？」

「あっ、はい……っ？　え、あ……ば、売店……えっと、ここまっすぐ行って、左……です。たぶん今日、やってたはず……」

「ありがとう」

笑顔で礼を言って足早に目的の場所へと向かうと、間もなく大学の売店を示す表示が見えてきた。店は大きめのコンビニ、あるいは小規模なスーパーといった感じだ。理央はカゴを持ち、カップのみそ汁とサラダと弁当を二人分、総菜パンとインスタントのスープを明日の朝食分に入れた。どうせあの様子では今日も泊まりだろう。それから緑茶と紅茶の葉を買い、明日の掃除に必要なものや、スプレータイプの除菌消臭剤も買った。

（あとは……うん、牛乳も買っとくか。あ、野菜ジュースも。あいつら絶対、栄養足りてないし。甘いもんも……お、ブドウ糖売ってる。なんでだ。大学だからか？　それとも最近の日本じゃ普通にブドウ糖って売ってるのか？）

まぁいいやと思いつつ、白い固まりがゴロゴロ入った袋をカゴに入れた。

金額的にはそう大したことはないが、結構嵩張《かさば》ってしまった。支払いをすませて無記名の領収書をもらい、三つに分けられたレジ袋を持って研究棟に戻ろうとすると、ばったりと先ほどの職員に出くわした。

「ど……どうも、お買い物ですか」

「はい。先生に頼まれまして」

「ああ……」

途端に職員はすべてを納得したような、そして申しわけなさそうな顔をした。理央を見る目は後ろめたさと同情に満ちていた。

「研究棟まで、少し持ちましょうか……？」

おずおずと申し出てくれた職員は、どうやらとても人がいいらしい。きっと彼は、理央を桐原のもとへ送りこんでしまったことを気に病んでいるのだろう。

「ありがとうございます。ぜひお願いします」

持てない重さではないが、ちょうど聞きたいこともあったので、ありがたく申し出を受けることにした。

嵩張るがさほど重くはない掃除道具の袋を渡し、職員と並んで歩きだす。研究棟に着く前に、理央はさっさと切りだした。

「桐原ラボって、かなり人が少ないですよね」

「は、はい……あの、うちで一番少ないんです……」

「やっぱりあれですか、いろいろな意味でついていけなくて、なかなか居着かない感じですか？」

「う……それは……」

どうやら図星らしい。桐原の態度とあの環境では無理もなかった。むしろ二人の学生は、よく出ていかないと思う。休んでいるという学生はどうか知らないが、少なくとも井田は馴染んでいるようだ。

「正直に言ってくださると助かるんですけど、あそこって学内でもちょっと浮いた感じなんじゃ……？」

「すみません……！　いや、でも別に蔑《ないがし》ろにされてるとか、そういう感じじゃないんですよ。一部では非常に注目されている研究ですし、桐原先生はお若いですけど一目置かれてはいるんです。ただ、あの通りの方なので、あまりこう……ほかの先生方との交流が薄いと言いますか……」

「ああ、つまりハブなんですね」

「い、いやその……」

「だいたい想像はつきます。すみません、言いにくいことを言わせてしまって。僕のことでしたら大丈夫ですよ。あのタイプは特にストレスになりませんから」

「そ……そうなんですか」

職員はあからさまにほっとした様子だった。

「あ、そういえば、あの人っていくつなんですか？」

「桐原先生ですか？　確か三十二歳だったと……」

「げ、思ってたより若かった」

てっきり三十代後半だと思っていた。いや、もしかしたら寝不足と栄養不足で、老けて見えたのかもしれない。

ちょうど建物のなかに入ったことだし、このあたりで話を切りあげることにした。これ以上職員に神経を使わせるのも気の毒だ。

「ありがとうございました。助かりました」

研究室はすぐそこだ。理央はにっこりと笑ってみせながら、職員から荷物を受け取った。理央よりもずいぶんと年上のはずの職員は、ぺこぺこしながら戻っていった。

「ただいまー」

ノックしないで研究室のドアを開けると、ちらりと桐原の視線が向けられた。とりあえず荷物を机に置いてから、理央は財布を返しに行く。

「一応、領収書もらってきた。なかに入ってる」

「そこ置いとけ」

「って、確認しなくていいの？　万札一枚くらい抜き取ってるかもしれないよ。カード減ってたりしたらどうすんの」

「そんなに手癖が悪いのか？」

「悪かったらどうすんだ、って言ってんの。だいたい初対面の相手に財布預けるとか、ありえないでしょ」

「ごちゃごちゃうるせぇな。メシはどうした、メシは」

「あーエサね。はいはい、いま用意するよ」

エサ発言に舌打ちをしたものの、桐原は悪態をつくことも睨むこともなかった。案外心が広いのかもしれないし、他人からどう扱われようと気にしないだけかもしれない。

湯を沸かしてカップみそ汁を作り、温めてもらってきた弁当を広げてサラダも添える。早めの夕食の準備はできた。

「冷めないうちに食ってー」

桐原と井田を促すと、意外にもすんなり二人は机に移動してきた。

二人が無言で食べ始めたのを横目に見ながら、買ってきた緑茶をいれる。急須《きゅうす》は長いこと使っていなかったようだが、洗って使う分には問題なかった。そして残りの買い物をしかるべき場所に収めたら、とりあえず今日の仕事は終わりだ。

「じゃ、僕はこれで帰りますんで、ゴミだけはちゃんと袋に入れておいてくださいよ。湯飲みは流しに置いておけばいいし、腹減ったらそこにパンとスープがあるんで、適当に食ってください」

「帰る気か」

「あのね、僕は本来、今日から働く予定じゃなかったんだよ。挨拶だけのつもりだったし、そもそも大学来るまでは、高周波に入る気でいたんだって」

「運が悪かったな」

「まったくだよ。じゃ、そういうことで、また明日」

ひらひらと手を振りながらドアノブに手をかけると、桐原はなぜか箸《はし》を止め、意外そうな顔で理央を見た。

「……来るのか」

「だからそう言ってるでしょ。あ、明日は来たらすぐデスクとかパソコンまわりとかの埃を落としまくるんで、そのつもりで」

理央は一気にそう言うと、さっさと研究室を出た。桐原はどうでもよさそうな態度で弁当を食べていたが、井田がぺこりと頭を下げてくれたので、少し気分がよくなった。

一応事務局に寄って挨拶してから帰途に就《つ》く。まっすぐマンションへ帰ろうとすると、少し前にメールの着信があったらしいことに気がついた。

奎斗からのそれは、話を聞きたいから夕食を一緒に取ろうというものだった。

自然と表情は緩くなった。きっと話を聞きたいなんていうのは理由の半分以下で、実際は理央に気を使って食事に誘ってくれたのだろう。

行くと返事を打ってから、奎斗たちが住むマンションへと向かった。

三人の学生たちは、夏休みを思い思いに過ごしているようだ。今日の奎斗はベランダで家庭菜園をすると言っていたし、賀津は執筆活動らしい。まだ学生の身でありながら、都市伝説をテーマとした著書を何冊か出しているのだという。そして太智はアルバイトだ。

「おじゃましまーす」

玄関を開けた途端に漂ってくる匂いに、我知らず笑みを浮かべていた。ずっと一人暮らしをしていたし、それ以前から家事を自分でこなしていたので、帰る家に誰かがいる状態に嬉しくなってしまう。たとえそれが、人の家であってもだ。

「おかえりー」

「なに作ってんの？」

「生姜《しょうが》焼きとサラダと炊きこみご飯。あとみそ汁ね。カボチャとナスとミョウガだよ」

「あ、懐かしい。その組みあわせって、おばさんが得意だったよね」

「うん」

キッチンまで戻った奎斗とカウンター越しに向かいあい、差しだされた麦茶を飲んだ。そういえば研究室の二人に食事やら茶を与えてきたが、理央自身は職員に出してもらった茶を飲んだきりだった。

ほっと一息ついたところで、賀津が部屋から出てきた。おそらく理央と奎斗を二人きりにさせたくないのだろう。

「それで、どうだった？」

「ちょっと予想外のことになって……」

掻《か》い摘《つま》んで事情を説明していくと、奎斗は驚いた顔から心配そうなそれになった。賀津はなにも言わないが、話に耳を傾けているのはわかった。

「で、今日はとりあえず、汚いラボをざっと掃除して、准教授と学生の一人が朝からなにも食べてないっていうんで、売店でエサ買ってきて与えてー」

「エサ……」

「明日は本格的な掃除かな。あれは人間がいるところじゃないからね」

「そ、そんなに……？　あ、でも理央ってきれい好きだから……いつも部屋とか、きれいだったもんね」

「僕じゃなくてもあれは厳しいと思うよ。カビくさいし埃くさいし。窓だって、いつから開けてないの、みたいな感じだったし。ゴミ散乱してたし」

「うわぁ……ちょっとそれは、厳しい……。あ、それで准教授ってどんな人？　やっぱり変わってた？　何歳くらい？」

「変わってるというか……横暴で人使いが荒くて、口も悪かった。歳は三十二とか言ってたよ。職員さんが」

「え……」

「見た目もヤバイ。や、身だしなみとかそういう意味でね。無精ひげだわ、頭ぼさぼさだわ、隈作ってるわ、目が据《す》わってるわ……。中身もいろいろ問題ありそうだしね。学部内でも浮いた存在らしいよ。っていうか、たぶんほかの教授とかからは煙たがられてる気がする。でも害はないから放っておこう……くらいの」

「ええー……」

奎斗は表情を曇らせた。そんな人のもとで大丈夫なのかと、顔にはっきりと書いてある。心配はもっともだった。

「平気平気。かえって気が楽だよ。部屋さえきれいで、あいつらが汚い格好じゃなきゃ、なんでもいい」

そのためにも、まずは環境の改善だ。今日の様子を見る限り、必要だから買えと言えば空気清浄機だって買ってくれそうな気もする。

三日で快適空間にしてみせると、理央はひそかに意気込んだ。

「太智に情報を集めさせるか」

賀津がぽつりと言うと、奎斗はうんうんと何度も頷いた。

どうやら恋人の懸念を取りのぞくために従弟を働かせるようだ。けっして理央のためではないだろう。

「ところで、そこはなにを研究しているところなんですか」

「あ……」

はたと気付いて、思わず苦笑いした。

考えてみれば、理央はまだそれを知らないのだ。把握していることと言ったら、人体近傍電界通信の発展系――ではなく、すでに別物というニュアンスだった――らしいということだけだ。自分が所属する研究室のテーマも知らず、掃除と買い物、そして給仕に明け暮れていたとは笑うに笑えない。

「明日聞いてくるわ」

ぽつりと呟いたら、奎斗は唖然とし、賀津は呆《あき》れたように溜め息をついた。


朝九時に研究室に顔を出すと、桐原は机の上で毛布にくるまって寝ていた。食事する机で寝る神経が理解できず、思わず数秒ほど、ドアノブをつかんだまま、まじまじと毛布にくるまった固まりを見つめてしまった。

ちなみにどうして井田ではないとわかったか。それは研究室に来る途中で、トイレから戻ってきた彼と会ったからだ。

「ま、いいや。机の上なら、かえって邪魔にならないし」

パソコンは休止状態になっているが、そっと掃除すれば問題ないだろう。そして掃除のうるささで桐原が起きようが知ったことではなかった。遠慮する気は毛頭ない。

よしと意気込み、昨日同様に窓を開けた。むわっとした空気が入りこんでくるが、まだ朝方なのでずいぶんとマシだった。

ハンディモップで片っ端から埃を拭き取り、固く絞ったぞうきんで井田にもあちこちを拭かせた。指示すれば井田はきちんと働いてくれることがわかった。

どんなにバタバタしていても、桐原はぴくりともしない。室内の温度は上昇しているので、かなり暑いはずなのだが、それよりも眠気が勝っているのかもしれない。

「ゴミはちゃんと捨ててあるね、よしよし」

二人で手分けして掃除をし、資料を振り分けながら、井田に研究内容を質問した。

ぽつぽつと、無口ながらも井田は充分な説明をしてくれた。

簡単に言えば、人体が発生させる微弱な電磁波を利用した通信機器の研究だ。変換装置になるものを身に着けることで、将来的には双方向通信を可能にしたいのだという。つまり携帯電話に代わる通信手段を狙っているわけだ。しかしながら送るのは、音声に限ったことではなく、画像や映像といったものも視野に入れているらしい。

「認証システムじゃないんだね」

「それはもう実用化されてるんで。あと変換装置……送受信の補助的な役割もあるんですけど、外部的なエネルギー供給がいらないようにしたいらしいです。人体の動きとか体温で充分くらいの。小さいだけの携帯電話とか無線じゃ意味がないって、先生が」

「具体的に、装置ってどんなの？」

「基本的に機械ってほどのもんじゃないっす。基本的な回路は薄いシート状になってて、かなり小さいっすよ」

見せてくれた黒っぽいシートは、豆粒サイズでフィルムのように薄い。身に着けるのは簡単そうだ。

「これって身体に貼《は》りつけたりするの？」

「いや、それだと全然なんで、増幅させるための媒体を模索中っす。金属とか有機物とか、とにかくいろいろ片っ端から試してます。いまんとこ、有機金化合物が平均的にいい結果出しますね」

「それってアクセサリーみたいな形状でも可能ってことか？」

「最終的にはピアス程度のもので、通信可能にしたいみたいっす。指輪とかでもいいんですけど」

「へぇ……」

「いまんとこ、距離と雑音の多さが課題っす。接触状態だと、実はぼやっとした映像もいけるんですけどね。現段階だと、接触してればなんとなくお互いのイメージが伝わってくるかも、って程度なんで」

「ははぁ……なんていうか、ＳＦっぽいよね」

実現したらおもしろそうだと思ったが、いくらでも悪用される可能性を秘めているから、システムが確立されたとしても実用化への壁は厚そうだ。

「なんでもそうだろ。実現しないうちはな」

いきなり声が聞こえてきたかと思うと、のそりと桐原は起きあがった。そして机から下りてすぐ椅子に座り、同時に右手はパソコンのスイッチを押していた。

流れるような動作だ。きっとここで寝泊まりするときはいつもこうなのだろう。

やがて小さく舌打ちが聞こえ、メモになにか走り書きをした。

「おい」

「……それは誰に対して言ってんの？」

確認するまでもなく自分だろうと思ったが、念のために訊いてみた。すると桐原は理央に向かってメモとキーホルダーを突きだしてきた。

「家にある資料が必要だ。取ってこい」

「って、犬みたいに言わないでくれる？」

一瞬、棒きれを遠くに投げられた犬のような気分になってしまった。今日も桐原は傍若無人だ。いっそ清々《すがすが》しいほどに。

腹は立たないが、大いに呆れた。昨日は会って一時間で財布を預け、今日はいきなり自宅の鍵らしきものを差しだしている。

「あんたには警戒心ってものはないの？」

「猛獣なら警戒は必要だろうが、相手が生意気な猫じゃ必要ない」

「はぁ？　僕のどこが猫？　猫科は猫科でも、豹《ひょう》とかチーターとかそっち系でしょ」

ペルシャ
ソマリ
チンチラゴールデン

ライオンや虎じゃないのは自覚しているが、家猫の類ではないはずだった。なのに桐原は鼻で笑う。

「猫だろ。それも血統書付きの、毛足の長いやつ」

「ペルシャっすか」

「そう、それだ」

「チンチラゴールデンとかですかね。でも自分としては、ソマリのほうが近いんじゃないかと思います」

嬉々《きき》として口を挟んだ井田は、いままでの無口さはどこへやら、やたらと饒舌《じょうぜつ》になっていた。さらりと猫の種類が出てくるあたり、どうやら彼は猫好きらしい。理央の顔を見て、うんうんと満足そうに頷いている。

付きあっていられない。これ以上反論するのも面倒だし、論議すること自体が無駄でしかないだろう。

「それと、携帯の番号を教えろ。緊急連絡用だ」

「ああ、はいはい」

理央はペンを借りて番号を走り書きし、代わりに桐原と井田の番号をもらった。登録はあとでもいいだろうと、メモをポケットに突っこむ。

「じゃ、行ってくるね」

「一番奥の部屋だ。本は、たぶん本棚」

「わかった」

理央はバッグに鍵をしまい、メモを手に研究室を出た。メモには本と資料のタイトルと、自宅の住所が書かれていた。

地図なんて親切なものはなかったが、アプリを使って簡単に呼び出せた。住所には部屋の番号が書かれていなかったが、なんとかなるだろう。

「うわ、なんだこれ。近いよ……」

直線距離にして約五百メートル。実際に歩いていったとしても、十分はかからないだろう距離だ。

こんなに近いなら毎日帰れと思いつつ、理央は地図を頼りに進んだ。そうしておよそ八分後、目的の場所へと到着した。

「……まさかの一軒家」

理央の目前には、年季の入った格子戸《こうしど》があり、表札には間違いなく「桐原」の文字があった。敷地は板塀でぐるりと囲まれているが、とりあえず格子戸の向こうに木造の平屋があることはわかった。

道理で部屋番号がないわけだ。勝手なイメージで、汚いアパートを想像していたから、一番奥の部屋と言われたときには、てっきり並んだ住戸の一番奥だと思ってしまった。

もう一度表札を見てから、理央は鍵を使った。からりと気持ちのいい音を立てて戸は滑った。

念のために内側から施錠し、数メートル先の玄関の戸を解錠した。こちらも引き戸で、ガラスに格子をつけたタイプだ。

「おじゃましまーす」

そろりとなかへ入り、靴を脱いで上がる。

桐原は家や同居人についてなにも言っていなかったが、わざわざ鍵を渡して取りに来させるからには、きっと誰もいないのだろう。いや、油断はできない。桐原のことだからなにがあっても不思議ではなかった。

「一番奥の部屋……ね」

古そうな家だが、けっしてボロ家ではなかった。ただし掃除が行き届いておらず、あちこちに埃が溜まっているし、綿埃も見えた。

とりあえずいまのところ、人の気配はなかった。

「つーか、部屋いくつあるんだよ」

ぶつぶつ言いながら、廊下の突きあたりにある部屋の襖《ふすま》を開けた。

開けて手探りで照明をつけた瞬間、閉めたくなってしまった。

「……うん、そうだよな。そうだった」

あれだけ研究室が汚かったのだから、家だって覚悟してくるべきだった。すっかり失念していた理央は、目の前の光景につい息を呑んだ自分を叱咤《しった》した。

六畳ほどの部屋は足の踏み場もないほどに散らかっていた。一瞬空き巣でも入ったのかと思ったくらいだ。そしてかなり蒸している。

理央がまずしたことは、窓を開けることだった。サッシを開け、雨戸も開けて、風を通す。幸い窓は二面にあるので、すぐに空気は入れ換わった。

「関係ない、関係ない。いまのは単に、自分が変な空気吸いたくなかっただけだ」

なにしろゴミの山のなかから資料を探さなくてはいけないのだ。散乱した紙ゴミのなかから、五分ほどで必要な資料を見つけだし、今度は本棚を求めて別の部屋に行った。いまの部屋には、家具が一つもなかったからだ。

隣の部屋は八畳間だったが、やはり襖を開けた途端、溜め息をつかされた。さっきと同じような有様だったからだ。いや、もっとひどいと言っていい、なにしろ足の踏み場がない。さっきのは床が七割浸食されていたが、こちらは十割を超えている。そして本棚はなく、古い箪笥《たんす》が置いてあるだけだった。

その隣の、襖を隔てただけの続き間は、意外にもきれいに保たれていたが、こちらは仏壇が置いてあるのみだ。

四部屋とも床がまったく見えない状態で、それどころか体積の面でもおそろしいことになっていた。ここはフローリングで、ベッドが置いてあったが、その上にも物が散乱しているので、とても眠れる状態ではないだろう。

「なんだ、ここ……ゴミ屋敷か」

うんざりしながら五つめの部屋に入ると、ようやく本棚らしきものを見つけた。だがそこへ辿りつくには、いろいろなものを避けたり踏んだりしなくてはならなかった。

「ここもフローリング……って、机とかパソコンあるし……書斎か」

いずれにしても、こんなところに住んでいたら健康を損ねそうだ。理央だったら一日だって耐えられない。

障害物をかきわけて本棚に近づき、目的の本を引っつかんで外へ出た。無意識に止めていた息は、廊下に出た途端に大きく吐きだした。

必要なものはこれで揃《そろ》った。あとは早くこんなところからおさらばし、外へ出てマシな空気を吸って、大学に戻ればいい。

そう思うのに、理央の足は動かなかった。

ふるふると手が震えてきた。

「信……じらんない……」

こんな家に人が住んでいいものか。いや、いいわけがない。まったく知らない赤の他人ならば好きにしろと言うが、相手はこれからも関わっていかねばならない相手だ。こんな家の空気を纏わりつかせて毎日研究室に来られてはたまったものじゃない。

「あーっ、もう！」

理央は携帯電話を取りだすと、番号を調べたあとで、業者に電話をかけた。それから家中の窓という窓を開けて、服を拾い歩き、いつから使っていないのか不明の洗濯機に放りこむ。開けてもいない洗剤があったので遠慮なく使った。布団も片っ端から引っぱり出し、縁側などに干した。

そうこうしているうちにインターフォンが鳴り、理央は書類と本、そして財布を引っつかんで門まで走った。

「お願いします」

桐原に頼まれたものは、バイク便のライダーに託すことにしたのだ。往復しても二十分からないが、一度帰ったら気力が萎《な》えそうな気がした。

一応、メモを添えておいた。家がひどいので片づける。それだけ書いておいた。

バイク便を見送ると、理央は来る途中で見かけたコンビニへと走った。そしてゴミ袋とスポーツドリンクを買って戻り、家中のゴミを拾った。

必要か否か判断つきかねるものは、分類して一部屋に纏めておくことにした。

とっくに理央は汗だくだ。八月末の東京で、エアコンもなしに動いているのだから、たちまち着ている服はぐっしょりになった。

一時間たち、二時間がたっても、まだまだ終わりは見えない。バイク便の会社から配達完了の連絡も入ったが、受け取ったはずの桐原からは音沙汰《おとさた》なしだった。掃除をすることに対しても反応なしなので、これは好きにしていいということだと判断した。メモを見ていない可能性は、頭から排除することにする。

「あっちぃ……」

買ってきたスポーツドリンクは二リットルあったのに、もうほとんど空に近くなっている。もう一本必要だったかもしれない。

「つーか、僕はなにしてんだ……？」

さすがに疑問が浮かんだ。今日は研究室の掃除をするつもりだったのに、なぜ桐原の自宅を一人で掃除しているのだろうか。別に頼まれたわけでもないのに。

とはいえ始めてしまったものは仕方ない。理央は止まった洗濯機から取りだしたものを、庭の物干しにかけていく。そのあいだにも、ベッドからはがしたシーツや枕カバーが洗濯機のなかでまわっていた。

ふいに爽《さわ》やかな風が頬《ほお》を撫《な》で、思わず手を止めた。

庭はまったく手入れがされておらず、木も草も好き勝手に生えていたが、結構好きな景色だった。

「もったいないよね……ほんと。せっかくの家と庭なのに台なし」

理央はこういう日本家屋が大好きなのだ。生まれてからこの方、マンションなどの集合住宅にしか住んだことがないせいか、一軒家への憧《あこが》れもあった。子供の頃は奎斗の家へ泊まりに行くのが楽しみで仕方なかったが、奎斗のかつての家は建て売りで、ここはまったく様相が違っていた。

「いいよね、平屋木造建築。しかも庭付き」

縁側で夕涼みとか、スイカを食べるとか、庭で線香花火とか。想像しただけでたまらないではないか。

うるさいセミの鳴き声を聞きながら、理央はうっとりとそんなことを考えていた。

そうやって夏の音や風を味わいつつ、夢中になって掃除と洗濯をしていたら、いつの間にか日が傾いていた。

三回分の洗濯物は、畳んで部屋の隅に積みあげた。もちろんその部屋だって、見違えるようにきれいになっている。集めたゴミは、大きなものが十くらいになったので、勝手口の脇《わき》に纏めてあった。ふかふかになった布団もすでに押入に戻してある。

「理央くん頑張った」

さすがに一日では終わらなかったが、四部屋中、三部屋はきれいに片づいた。ベッドのある部屋と書斎と、洗濯物などを並べた部屋だ。

それでもこの達成感はなんとも言い表しがたく、理央はじわじわと湧きあがってくる喜びをしばらく味わっていた。

庭に立って茜色《あかねいろ》に染まる空を眺めるのも、なかなかいいものだ。そういえば空をじっくり眺めるのは久しぶりだった。

縁側に寝ころび、暮れゆく空を眺めた。

気がつくとそのまま いつしか理央の意識は深く沈みこんでいた。


目を開けて最初に見たのは、天井のきれいな木目だった。

一瞬状況がつかめずに、がばっと起きあがって周囲を見まわした。そこでようやく、ここがどこかを思いだした。

「そっか……桐原んちだっけ」

朝からずっと掃除と洗濯をして、縁側で夕焼けを堪能《たんのう》して――。

「ん？」

縁側で眠ってしまったはずなのに、どうして室内の、しかも布団で寝ているのか。干したばかりの布団はふかふかで、まだ少し熱が残っていたが、エアコンが適度に効いているおかげで快適そのものだ。身体にはタオルケットがかけられていた。こちらも洗濯したばかりのものだ。

見渡せば、縁側に繋《つな》がるガラス戸は閉められていた。ほかの窓はすべて理央が閉めたが、そこだけは開いていたはずだった。

「……ん？」

眉をひそめていると、廊下を歩く音が聞こえてきた。それがどんどん近づいて、やがて部屋の前で止まった。

襖が開いた途端、理央は目を瞠《みは》った。

「なんだ、起きてたのか。さっさと風呂にでも入って、メシにしろ」

「誰……」

思わず理央はそう口にしてしまった。

もしかしたら誰か訪ねてきたのかもしれないし、さっきまでいなかっただけで、同居人がいたのかもしれないと思ったからだ。声やしゃべり方、そして雰囲気に覚えがあるのは、肉親だからかもしれない。

だが男は小馬鹿にしたように鼻を鳴らした。

「ほかに誰がいる」

「……やっぱあんたか……って、なんだそれ」

目の前に立って理央を見下ろしているのは、啞然としてしまうような美貌《びぼう》の男だった。端整な顔は全体的にすっきりとしたシャープな印象で、切れ長の一重の目は理知的な光をたたえており、高い鼻梁《びりょう》も少し大きめの唇も、引き締まっていてとても男らしい。

昨夜はよく寝たのか隈もないし、ぼさぼさだった髪は整えて軽く後ろに流していて、ひげもきちんと剃《そ》ってあった。

理央が寝ているあいだに帰ってきた桐原は、ひとっ風呂浴びてすっきりしたようで、昼間洗濯したばかりの白いシャツを着ていた。ちなみに長袖《ながそで》だ。

「あんた、そんな顔してたのか」

「だったらなんだ」

「いや……無駄な男前だなと思って」

理央も大概自分の容姿について使いどころがないと思っていたが、桐原は輪をかけて無駄にしていそうな気がした。

「おまえに言われるほどじゃない」

意外なことに、桐原は理央の顔について彼なりの感想を抱いていたようだ。てっきり判別がつけばいいタイプだと思っていた。

「それはともかく、どうやって入ってきたの？」

「裏木戸はずっと前から壊れてる」

「マジか」

それは早く直さないと……と自然に思った自分に動揺した。自覚していた以上に、この家に対して愛着が湧いてしまったようだ。

「っていうか、なんで帰ってきたの？」

「自分の家だからに決まってるだろうが」

「いや、そうだけど……だって論文だかなんかは？」

「目処《めど》がついた。仕上げはこっちで充分だからな。井田も家に帰した」

「はぁ」

桐原が書いていたのは、科学専門誌用の原稿だったらしい。あとで英訳をチェックしろと言われ、渋々《しぶしぶ》頷いた。思えばこれは初めての助手らしい仕事だ。

「じゃあ僕は帰るかな。明日また続きやりに来るかも」

「さっさと風呂に入って、メシの用意しろって言っただろうが」

「はぁ？」

「汗くさいまま帰るのか？　どうせ沸いてるんだ、入ってこい」

思わず自分の肩口を鼻先に寄せてみるが、言われるほどではないと思う。それでもベタベタして気持ち悪かったのは確かだから、風呂を使わせてもらうことにした。一日働いた対価として悪くないだろう。ここの風呂は檜《ひのき》を使ったもので、ウィークリーマンションの狭いユニットバスより断然いいのは間違いないのだ。

「あ……そういえば、布団に入れてくれたのってあんただよね？」

「適当に転がしただけだ」

「まぁ確かに布団の敷き方とかいい加減だけど……うん、まぁ一応どうもね」

広げた布団にシーツを無造作に置いただけの寝床に、桐原らしいと苦笑がもれる。理央ならばシーツをきっちりと折り込むところだ。

立ちあがって歩きだした理央は、柱にもたれてこちらを見ている桐原を見て、違和感を覚えた。

「……あれ？」

かなり長身の理央ですら、桐原と目をあわせるにはいくらか見あげなくてはならない。そんなに大きな差ではないが、これは驚きだった。けっして小柄ではないことは知っていたが、ずっと座っている姿ばかり見ていたから、ここまで大きいとは思っていなかった。

しかも身体つきは理央よりもはるかにいい。

「バスケでもやってた？」

「大学の頃な」

「あ、マジでやってたんだ。想像できないんだけど、キャラ的に」

「チームプレーは苦手だったがな」

「それは納得」

うんうんと頷いて横をすり抜けようとすると、いきなり桐原は理央の肩口――というより首に近い部分に顔を寄せてきた。

「な、なに」

「甘い匂いがするな。おまえの体臭か？」

「はぁ？　甘い？　なに言ってんの」

「……いいから行け。上がったらメシだぞ。適当に材料買ってきたから、作れ」

「はいはい。畏《かしこ》まりましたー、センセ。あ、タオル借りるよー。ついでに着替えもね」

大量に洗濯した物のなかから、Tシャツを借りることにして風呂に向かう。その背を見送っていた桐原が、口もとに笑みを浮かべていたことなど、理央はまったく気付いていなかった。


「うわ、すげ……いい匂い」

浴室に入ると木の香りが鼻をくすぐり、自然と笑みがこぼれた。

壁にも同素材らしい檜を使い、低い部分の腰壁と床は御影石《みかげいし》かなにかだ。しかも設備は新しめで、使い勝手もいい。

「温泉気分。やっぱ帰らないでよかったなぁ……」

頭からシャワーをかぶって、髪も身体も洗った。意外なことに、桐原はシャンプーもボディソープもいいものを使っているようだ。

(笑える……どんな顔して買ってんだろ)

風呂場で一人笑いながら、さっぱりとした気分で浴槽に入った。一日の疲れがじわりと湯に溶け出していくようだった。

窓を少し開けて、外の空気を入れてみる。ちゃんと網戸がついているので虫が入ってくるようなこともない。

目を閉じてじっとしていたら、外から涼しげな虫の音が聞こえてきた。どうやら二匹で鳴いているようだ。

「この声なんだっけ……コオロギ？　うーん、最高のシチュエーション」

檜の風呂に入りながら虫の音を堪能できるなんて風流で贅沢《ぜいたく》な気分だ。つくづく桐原という男はもったいないことをしている。

風呂だけの問題ではない。この家全体が、非常にもったいない使われ方をしているのだ。せっかくの庭も風情《ふぜい》のある建物も、あんなに散らかされていたら台なしだ。もし理央がこんな家に住んでいたら、喜んで毎日帰るだろう。

「宝の持ち腐れ……家も本人の見た目もね」

研究室にこもっているだけの男に、あの身長と体格、そして顔は無意味だろうに。理央も他人《ひと》のことは言えないが、少なくとも桐原よりは外へ出ているし、人とも接触している。愛想よく接することを心がけてもいるので、他人からの印象もいいはずだ。

桐原はなまじ整った容姿であの態度だから、かえってマイナスに作用している気がする。柔らかいとは言えない印象の目もとや顔立ちが、余計にその言動を冷たくきつく感じさせるからだ。

「他人ごとって言ってらんないな……」

なにしろ直属の上司のようなものだ。桐原のマイナスは、そのまま理央に降りかかってくる可能性がある。

やれやれだ。先が思いやられるが、いまはこの風呂を堪能することにした。

こんなに時間をかけて入ったことはないというほどの長風呂をし、浴室から出ていくと、バスタオルの横に藍《あい》の浴衣《ゆかた》が置いてあった。

いつの間に置いたのだろうか。気配には聡《さと》いほうだと自負していたが、まったく気付かなかった。音も聞こえなかったから、ひょっとすると頭からシャワーをかぶっているときに来たのかもしれない。

着方はわからないが、こんな感じだろうと身に着けていく。

「確か、左が上……っと」

その程度のことは知識としてあるので、あとは適当だ。固めの帯は巻きつけたあと、端を折り込んですませた。結んでいいものかどうか、わからなかったからだ。

鏡に自らの姿を映し、小さく頷く。思っていたよりは悪くない。

脱衣場を出て、まず向かったのはキッチンだ。食事を作れと言われていたので、おとなしく従った。

（ま、腹減ったしね。あのキッチン、使ってみたかったし）

どうせいまから帰ったところで、コンビニ弁当が関の山だ。ウィークリーマンションの設備ではたかが知れているし、まだ用具も材料も揃えていないのだ。

一日掃除をしたので、この家のことはほぼ把握している。外から見たら純和風の建築だが、部分的に洋風を取り入れているところもあり、設備などは雰囲気を生かしつつも新しいものになっていた。風呂同様に、キッチンなどもそうで、使い勝手のよさそうなシステムキッチンなのに、しっかりと内装にあうように作られていた。

キッチンは独立していて、隣には掘りごたつ式のダイニングルームがあり、さらに続きにはリビングがある。このリビングもまた風情があり、理央のお気に入りだ。レトロ感たっぷりだがきれいなソファセットと大型液晶テレビに、襖と障子《しょうじ》というコントラストがたまらない。床が風合いのある組木のフローリングなのも雰囲気があっていい。

この家はいちいち理央の好みなのだ。住んでいる人間は、きわめて残念だったが。

その残念な人間は、リビングでニュース番組を見ていた。

「おー……」

冷蔵庫を開くと、無造作にレジ袋ごと食材が突っこまれていた。袋のなかには、タマネギとアスパラにレタス、トマトに卵、そして牛の肩ロースが五〇〇グラムほど入っている。

じっとそれらを見ていたら、リビングにいたはずの桐原が近くまで来ており、じろじろと理央を見た。

「これでなに作ればいいの？」

「さぁ」

「って、なんかプランがあって買ったんじゃないの？」

「知らん。料理なんかしたことないからな」

「威張《いば》って言うことじゃないでしょ」

ノープランで適当に目についたものを買ったらしい。なんとでもなりそうな材料ではあるが、問題は主食となるものがあるのかという点だ。

「米ってあんの？」

「見たこともないな」

「あ……そう」

溜め息をつきたい気分をこらえ、理央はキッチンのなかをあちこち覗いてみたが、本当に米は見つからなかった。あったのは賞味期限ギリギリの、贈答品として送られてきたのだろうパスタセットだけだ。それ以外のものは、調味料以外本当になにもなかった。

「パスタねぇ……」

ざっと材料を見渡し、どうとでもなるなと頷く。牛肉は細かく切ってミンチに近い状態にしてからタマネギとあわせてミートソースにすれば簡単だし、そこにアスパラを入れたら彩りもいいだろう。あとはレタスとトマトと卵でサラダだ。急ごしらえなのだから、こんなところだろう。桐原が自分で買ってきたくらいだから、嫌いなものは入っていないはずだ。冷製パスタという線も考えたが、気分的にやめた。

「よし、決まり。パスタね。文句ある？　あるなら帰るけど」

「ない」

「ん、じゃあ待ってて」

さっそく調理に取りかかろうとし、理央はふと桐原を振り返った。正直言って、斜め後ろに立っていられると邪魔だった。

「向こうでテレビでも見てたら」

「いや、いい」

「いやいや、邪魔なんだってば。別に気を使って言ったわけじゃないからね」

無駄に大きな図体《ずうたい》で立っていられると、威圧感が半端ではない。そこそこ広いキッチンがたちまち狭くなってしまう。まして桐原は先ほどからずっと、不躾《ぶしつけ》なほど理央を眺めているのだ。

「細いな」

ぽつりと呟く声がした。脈絡もなにもあったものではなかった。

「は？」

「痩せてる」

それが理央のことを指しての言葉だというのは確実だった。桐原は理央の全身をくまなく見ていた。

「えー、そうでもないでしょ」

身体の話かとうんざりしつつ、理央は肉を適量取りだして残りを冷蔵庫にしまった。視線はぴたりとついてきた。

「いや、腰なんか特に細いだろうが。ひょろひょろと縦にばかり伸びたな」

「あーはいはい、そうですね」

「浴衣は意外と違和感がないな」

「そういえば、浴衣ってこれでいいんだっけ？　帯とか、よくわからなかったから適当にしちゃったけど」

「本当に適当だな」

くっと喉《のど》の奥で笑われたが、腹が立つようなことでもなかった。着方がまずいのは充分に自覚していた。

「着たことないんだから仕方ないだろ。左が上ってことしか、知らないんだよ。そこは間違ってないだろ？」

「正しいな。こうやって……」

後ろに立った桐原は、前にまわした右手をあわせからすっと入れてきた。傍《はた》から見たらとんでもない絵面《えづら》だ。とはいえ、これしきのことで狼狽《ろうばい》するような可愛らしい性格ではない。この手の冗談をやらかす知りあいは常に一人か二人はいたものだ。特に理央が成長期にあった頃は、やたらと男からもかまわれた。

「後ろから抱きしめて右手が入れられる……って形だな」

「そんなエロい目的でこうなったわけじゃないだろ。着物と世の中の左利きに謝れ」

「意味のわからん反論だな」

桐原は楽しげに喉の奥で笑っている。妙に機嫌がよさそうなのは、原稿が終わりに近づいてハイにでもなっているのだろうか。

正直、薄気味が悪かった。それに桐原がこんなふざけた真似をするのも意外だった。研究馬鹿で冗談も通じない変人だと思いこんでいたからだ。堅物《かたぶつ》というのとは少し違うだろうが、興味の方向が偏りすぎていて、結果的に恋愛やセックスに意識が向かないタイプだと勝手に思っていた。

「なんか、思ってたよりも俗っぽいんだね」

「普通だろう」

「うん、普通だから違和感バリバリで笑えるんじゃないか。だって普通じゃないって思ってたからね」

もっともそれならばそれで、接しやすくていい。暴言を気にしないのは知っていたが、冗談も通じるならば、さらに気も楽というものだ。

「どうでもいいから、セクハラはやめてくんない？　女の子にこんなことしたら、大問題になるよ」

「そうかもな」

「かもじゃなくて……うん、まぁいいや。とにかく邪魔。っていうか暑苦しい」

確実にセクハラだろうと言いかけて、理央はふと考え直した。きちんと身なりを整えた桐原が相手なら、喜ぶ女子はいそうな気がしたからだ。むしろされたがっても不思議ではない外見だろう。

だが生憎《あいにく》と理央は嬉しくもなんともない。包丁を手にし、離れろと言うと、ようやく桐原はまわした腕を離した。

「とりあえず、帯を直すからじっとしてろ」

「あー、うん」

包丁を置いて両手を少し上げると、桐原は帯の端を引っ張りだし、巻きつけ直してきっちりと結んだ。慣れているというほどではないが、まごついているわけでもなかった。おそらく何度かやったことがあるという程度だろう。

それから桐原は襷《たすき》までかけた。これから調理をしようという理央にとっては、ありがたいことだったが、そこまで気がまわる桐原が意外すぎて仕方なかった。

「細すぎて不格好だな」

「だからそんなに痩せてないって。っていうかさ、あんたさっき違和感ないって言ってなかった？」

「思ってたより、って意味だ。おまえは腰が細いんだよ、腰が。それに、世間一般的に言って、おまえは痩せてるぞ」

「あんたの口から世間一般とか、ちゃんちゃらおかしいんだけど」

思わず返すと、桐原は鼻で笑って理央から離れ、さっきまでの位置に戻っていった。出ていく様子はなかった。

「見学？　興味あんの？」

「……そうだな」

「ふーん。まぁいいけど、うろうろしないでよ。危ないし、邪魔だから」

見たいならば勝手にすればいいとも思いつつ、タマネギを刻んでいく。見物されていたところで作業効率が落ちるとは思わないし、実際に包丁が立てる音はリズミカルだ。それから肉を細かくし、ミンチに近い状態に持っていく。もちろん器械で挽《ひ》くほど細かくはならないが、ある程度の大きさが逆にいい歯ごたえになりそうな気がする。

手際よく調理をしながら、理央は考える。

しばらく使われた形跡のないキッチンに、部屋の惨状。玄関にも桐原のものと思われる靴しかなかったし、洗濯した衣服に関しても同様だった。

「訊きたいことがあるんだけど、ほかに人いないの？　一人暮らし？」

「ああ」

「そっか」

頷きながら理央は仏間にあった写真を思いだした。桐原によく似た面差《おもざ》しの男性と、とても美しい女性の写真が、並べて立てられていた。おそらくあれは両親なのだろう。

「兄弟は？」

「いない」

「一緒だね。僕も一人っ子だよ。まぁ、弟みたいな子はいるけどね」

奎斗のことを思うと自然と柔らかな笑みが浮かぶ。すっかり兄離れしてしまったとはいえ、可愛いことには変わりない。いけ好かないあの恋人に任せることにしたものの、なにかあったら即座に口を出そうと決めていた。

「弟……？」

「幼なじみなんだよ。母親同士が親友でね、本当の従兄弟もいるけど、それよりずっと近い存在なわけ」

「いまもか」

「あー、うん……でも恋人できちゃったから、あんまりかまえなくなっちゃったんだよね。相手にも悪いしさ」

一応遠慮はあるのだ。そして別れればいいなんて、理央は微塵《みじん》も思っていなかった。あんなに幸せそうなのだから、むしろずっと続いてくれと思っている。奎斗が笑ってくれるのならば、なんでもよかった。

なのに後ろでひまそうにしている男は、おかしな方向へ取ってくれた。

「惚れてたのか？」

「えぇー？　なに言ってんの、あんた。親愛の情に決まってるだろ。家族愛だよ。邪推しないでくれる？」

文句を言いつつも、特に気分を害したわけではなかった。それよりも桐原の口から惚れたなどという言葉が出てきたことに驚いた。

一応そういうことも頭にはあるらしい。理央が出会った研究者のなかには、恋愛に対して意識のいっさいが欠けている者もいた。恋愛に興味がないどころか、意識からそれらがすっぽりと抜けていて、なにがあっても発想がそちらに向かないのだ。どうやら桐原はそのタイプではなかったらしい。

「ようするにブラコンってやつか」

「なんとでも言え」

自覚はいやというほどあるし、恥ずかしいことだとも思っていないから、誰になにを言われても平気だ。いや、奎斗に拒否されたら、ちょっと立ち直れないかもしれないが。

ソースを作りながらパスタを茹《ゆ》で、その合間にサラダを作った。ドレッシングなどはないので、これもある調味料で適当に作った。

「これ持ってって」

トレイに載せたフォークと水の入ったグラス、取り皿にサラダを押しつけると、桐原は小さく舌打ちしつつもダイニングへ行った。

「ムカツク……舌打ちする意味がわからないよね。だったら最初っから向こうでテレビ見てろっての」

聞こえるように言ってやったが、反論はしてこなかった。鼻白んだ様子でテーブルにトレイを置き、その場に腰を下ろして寛《くつろ》ぎ始めた。もちろんテーブルセッティングなどしようともしない。

茹であがったパスタをソースに絡め、形よく皿に盛る。見映《みば》えもまずまずだし、味も理央としては問題ない。あとは桐原の味覚にあうかどうかだが、別にあわなくても一向に困らなかった。

「お待たせしましたぁ。いっただきまーす」

さっきからぐうぐうと腹が鳴っていたので、理央は皿を置いて着席するなりフォークを手にした。

ぱくりとパスタを口に入れ、大きく頷く。茹で加減もいいし、ソースも短時間で作ったにしては上出来だ。

桐原は一瞬だけ手をあわせてからフォークを持った。いただきますの言葉こそなかったが、ちゃんとそういうことはするんだなと、ひそかに感心した。普段の言動からはとても想像できなかった。

向かいあって食事を始めて少したち、理央ははたと我に返った。勢いでここまで来てしまったが、よく考えたらなぜ桐原と向かいあって食事を取っているのだろう。しかも桐原の自宅で、理央が作ったものを。

（予定外すぎる……）

それもこれも桐原のだらしなさと、この家の素晴らしさのせいだ。

目の前で黙々とパスタとサラダを食べている様子を見る限り、とても中身が残念だとは思えなかったが。

食べ方がきれいなのが意外だった。ソバ食いでもしたら、すかさず指摘してやろうかと思っていたのに、ちゃんと一口分だけパスタを巻きつけて口へ運んでいた。肘《ひじ》を突くわけでもないし、不快な咀嚼《そしゃく》音《おん》を立てるわけでもない。これならばどこのレストランで食事をしても恥ずかしくはないだろう。

こうしていると、ずいぶんと品がよく見えた。いや、思えば汚い格好とだらしない態度ではあったが、下品ではなかった気がする。この家もしっかりとして質実剛健といった感じだし、基本的に育ちはいいのかもしれない。

「なんだ？」

じっと見つめているのに気付いた桐原が、目だけ理央に向けてきた。

「……黙々と食べてるけど、味はどうなの？」

「問題ない」

「ああ、そう」

味の感想として「問題ない」はいかがなものかと思うが、不味《まず》くはないのだろう。口にあわなければこの男は遠慮なく文句を言うに違いない。

ちらりと時計を見たら、そろそろ九時に近かった。ここからマンションまでは歩いても二十分といったところだ。

「……あのさ、下駄《げた》かなんかある？」

「あるが」

「貸して」

「帰る気か？」

「は？　え……うん、そりゃ帰るよ」

着ていた服は汗と埃にまみれているから、もう一度着るのは勘弁願いたいし、この格好でスニーカーを履くのも避けたい。

「別に帰らなくてもいいだろ」

「はい？」

「用事でもあるのか」

「いや、ないけどさ……」

「だったら泊まってけ。で、掃除しろ」

「……………」

思わずぴたりと手が止まってしまったのは仕方ないことだろう。どこまで人を召し使い扱いする気かと、こめかみあたりがピクリと動いたが、いちいち腹を立てていたらこの男とはやっていけない。

理央はふうと吐息を吐きだした。

「僕のメリットってなに？」

「掃除が好きなんだろ？」

「好きじゃないし！　いや、うん嫌いじゃないけど、それより汚いのがガマンできないだけだから。それに、あんたの自宅を掃除する理由もないし」

「研究室に空気清浄機を二台入れてやる」

「やる」

理央は即答した。

これから毎日あの研究室にいなければいけない以上、空気清浄機は必需品だ。そう、毎日の問題なのだ。その点、掃除などこの週末だけのことだった。

購入に関しては、もちろん桐原のポケットマネーでという意味だろう。大学に申請したところで通るとも思えないものだから、つい素直に食いついてしまった。

「加湿機能付きね」

「好きなの選んで注文しろ」

「やった」

早速あとでパソコンを借り、ネットで調べて買ってしまおうと心に決めた。桐原の気が変わらないうちに動くに限る。

桐原はまた無造作に財布からカードを取りだし、テーブルの上を滑らせた。金色に輝くカードを指で止め、理央は一応言ってみた。

「だから、カードとかほいほい他人に渡すなって。ついでにネットスーパーでいろいろ買っちゃうよ？」

「好きにしろ」

剛毅《ごうき》なのか無頓着《むとんちゃく》なのかよくわからない男は、言葉少なにそう言いきってトマトを口に放りこんだ。

結局、二泊三日で掃除と洗濯、虫干しに庭の手入れまでしたおかげで、桐原邸は見違えるようにきれいになった。

約束通り初日の夕食後すぐに空気清浄機を買ったので、それも一週間以内には届くことになっている。ついでとばかりに宣言通り、ネットスーパーで食材と調味料、道具などを買ったので、理央としては充実した三日間だといえた。

ちなみに桐原の原稿は上がった。理央もチェックさせてもらったが、別に問題はなかったので、ただ読んだだけの原稿は上がった。

「なんかここ何日も掃除しかしてない……」

理央の呟きに答える者はいなかった。同じ空間にいるはずの桐原も井田も、自分のするべきことを黙々と続けている。

返事は期待していなかった。いまのは本当にただの独り言であって、同意してもらおうなんてこれっぽっちも思っていなかったのだ。

今日も朝から理央は研究室の片づけをしていた。桐原の家ほどではないが、ここだって一日やそこらで片づくものではない。

マスクをして資料を分類していると、ノックの音がして扉が開いた。

「すみません、おはようござ……い……ま……」

恐る恐るといった様子で入ってきた青年は、覇気《はき》のない声を途中で不自然に途切れさせた。

一歩部屋に踏みこんだ瞬間に、理央と目があったせいだった。

ひと言で表すならば、あまり特徴のない青年だった。身長は日本人の平均より高めだろうが、理央などが細いと言われるのがおこがましいほどに、ガリガリに痩せている。いかにも消化器系が弱そうな顔色をしているのと、どこかおどおどしているせいで、やけに不健康そうな印象だった。

理央はにっこりと笑った。

「おはようございます」

「あ……は、はいっ……」

ぎくしゃくと頷き、青年は戸惑いつつも桐原のところへ行き、ぺこりと頭を下げた。挨拶をするものの桐原は返事をしないし、目も向けないが、おそらくそれはいつものことらしく、青年は気にした様子もなく続けた。

「あ、あの……先生……だ、大事なときに、すみませんでしたっ。も……もう大丈夫、みたいなんで、今日からまたお願いします……」

どうやら休んでいたもう一人の学生のようだ。能城知晴《のしろともはる》という名で、井田と同じ歳だと聞いている。

「ああ」

桐原はやはり目も向けないままそれだけ言った。正直、返事なのか、なにか唸《うな》っただけなのか、よくわからなかった。

能城は立ちつくしている。そして困ったように、ちらりと理央を見た。理央が何者なのか、かなり混乱しているようだ。

「誰も僕のこと言わなかったの？」

呆れたように桐原と井田を順番に見ると、意外なことに桐原がすぐに返してきた。

「必要ないだろう。来ればわかることだ」

「まぁそれはそうなんだけど」

桐原の言い分にも一理ある。研究室に新しい人間が増えたからといって、能城のやることが増えるわけではない。いまのところ特にやることが決まっていない理央には、専用の机やパソコンさえいらない状態なのだし、事前に言う必要があったとすれば心の準備をさせるためくらいなものだろう。

なにはともあれ自己紹介だ。マスクをしたままでは失礼だろうと、外してから能城に向きなおった。

「初めまして。能城くん……でいいのかな？」

「は、はいっ」

「僕は佐條理央。わけあって、こちらに在籍することになりました」

理央は事情を簡単に説明した。そして研究室の掃除がなんとか明日には終わりそうだということと、今週中に空気清浄機が届くことも伝える。

するとと能城はぱっと目を輝かせた。

「す、すごい……部屋もきれいだし！　俺もう絶対この部屋とんでもないことになってるって、覚悟してたんですよ！」

能城は尊敬のまなざしで理央を見つめた。どうやら彼のおかげで、いままでこの部屋の衛生状態はなんとか保たれていたようだ。ただ彼は学生の身だから、いろいろと限界があったのだろう。優先すべきは学生としての本分だ。そして体調を崩して休んでいるあいだに、あそこまでひどい状態になったらしい。

「うん、そうだろうね」

「先生の締め切りがあるときに、倒れちゃってご迷惑かけてしまうし……」

「ちゃんと終わったから、大丈夫だよ」

「えっ」

信じられないという顔をして、能城は桐原を見た。もちろん見られた本人は気にもしていない様子で、おそらくはメールの本文を打っているようだ。

「昨日の昼にね」

「……すごい、ちゃんと締め切り前……」

「そうなんだってね。井田くんもびっくりしてた」

視界の隅で、井田が小さく頷いているのが見えた。終始無言だったわりには、ちゃっかり話を聞いていたらしい。

理央は能城の肩をぽんと叩《たた》き、無言でこれまでの労を労《ねぎら》った。あのひどい部屋に対し、同じ意識を持っている人間がいたことが嬉しくもあった。

「なんか……同士？　みたいな気分」

「嬉しいです、マジで！　俺、ここ入ってから胃薬が手放せなくて……っ。散らかり具合もなんですけど、先生が超怖くてもう何回泣きそうになったかっ。佐條さんみたいなマトモで優しそうな人が来てくださって、本っ当に嬉しいです。おまけに美人だし！」

興奮しているのか感極まったゆえにか、能城は言わなくていいことまでいろいろと口走っており、その事実にまったく気付いていないようだった。むしろ井田のほうが、さっと顔色を悪くしていた。間違いなく桐原云々のくだりだろう。

当の本人は聞いているのかいないのか、まったく反応していなかったが。

「これからは研究と論文だけに神経使えばいいからね」

「はいっ」

いい笑顔だった。どうでもいいところで尊敬されてしまったようだが、特に害はないので放置だ。

理央はそれからすぐに片づけを再開した。奥の資料室へ入り、借りてきた掃除機で埃という埃を吸い取った。

（くそう……掃除機も買わせてやる）

できればハンディタイプがいい。一度徹底的にやってしまえば、あとはその程度でもこと足りるはずだ。理央がいる以上は、もう二度とあの惨状には戻させない。

埃まみれになりながら、固くそう誓った。


初顔合わせからおよそ一週間。二度目の週末を迎えた理央は、研究棟から最も近い学食で一人ランチを取っていた。学食といっても結構きれいなカフェテリアで、味もまぁまぁ悪くない。

（サバ味噌《みそ》、もうちょい甘さ控えめがいいけど……いや、それより……）

さっきから集中している視線がつらい。見られること自体には慣れているが、食べているところを凝視されるのはあまりいいものではなかった。

「佐條さん、お魚好きなんだー？」

「まぁ、普通にね。今日は魚の気分だったの」

一人で食べていたはずなのに、いつの間にか周囲は女子学生で固められていた。

隣いいですかぁ……なんて甘ったるい声で言われ、まさかだめとは言えないので承諾したら、両隣どころか正面も斜め前も集団に占拠された。男に固められるよりはずっといいが、できれば静かに食事はしたかった。

積極的に近づいてくるだけあって、彼女たちは一様にパワフルだ。目がキラキラしているというよりは、ギラギラしている。

だがなんとも思えない自分に、溜め息をつきたくなった。

（うーん……枯れちゃったのかなぁ……）

もともと理央の好みはおとなしめな子だったが、それを差し引いても群がる彼女たちに興味を抱けないのは普通じゃない。以前だったら、もう少し積極的に話をしただろう。

少し疲れているのかもしれなかった。

「ごちそうさま」

「ええーもう行っちゃうの」

「まだいいじゃないですかぁ」

「またね」

にっこりと笑って席を立つと、右隣を陣取っていた彼女が、理央の手にメモを握らせながら、豊かな胸を腕に押しつけてきた。

「よかったら電話して？」

上目遣いはきっと彼女の必殺技なのだろうが、理央には効果なしだ。美人だとは思うが、それだけだった。

笑みだけを返し、理央はカフェテラスを出ていこうとした。食器を戻して入り口に目をやると、こちらを見て手を振っている奎斗の姿を見つけた。

数少ない四人がけのテーブル席で、賀津と太智と三人で食事をしていた。

「いたんだ？」

微笑みを浮かべながら近づいていくと、あちこちからざわめきが聞こえてきた。主に女の子たちから発せられたものらしい。

「……理央って相変わらずだなぁ……」

空いている席――奎斗の斜向《はすむ》かいに座ると、苦笑と共にそんな言葉が出てきた。そして賀津がすかさず続けた。

「いかにも女受けがよさそうですよね」

「君に言われたくありませんー」

賀津だって相当なものだと聞く。彼が代表を務めていたミステリー研究会とやらには、彼目当ての女子学生が押し寄せたそうだ。それを振り落とすためにレポートを提出させ、ほとんどの志願者を振り落としたというエピソードがあまりに有名なので、表立って近づく者がいないだけなのだ。

そのあたりは少し桐原に似ていると言えた。もっともあの男の場合は愛想以前の問題だ。賀津は人間として問題があるわけではない。

「あのー……理央さん」

さっきまで黙々とカレーライスを食べていた太智が、スプーンを置いて理央を見た。食べ終わったというのもあるだろうが、タイミングを計っていたらしい。

「ん？」

「桐原研究室……っていうか、准教授の評判をいろいろ聞いてみたんですけど……」

「ああ、うん。よくないでしょ」

「う……はい。准教授って、美形だけど変人って言われてます。毎年、何人か顔に釣られて入るらしいんですけど、大抵は一週間も保《も》たないとか……。なんか、研究室が汚くてすごいとか、准教授自身がロクデナシだとか」

「正しいね」

思わずきっぱりと頷いてしまった。噂は概《おおむ》ね正しいようだった。ほかにも、桐原が傍若無人だとか、単純に怖いだとか、あの研究室にいると病むだとか言われているようだ。実際に能城は胃を患《わずら》っているのだから笑えない。そうでなくてもアレルギー体質や喘息《ぜんそく》などの呼吸器系が弱い人間は厳しかったことだろう。

「大丈夫なんですか？」

「うん。徹底的にきれいにしたからね。空気清浄機も届いたし、朝イチで窓開けて、空気を入れ換えたりもしてるし、掃除も徹底してる」

「あ、それじゃこれからは……」

「桐原……准教授のキャラは変わらないから、同じことだと思うけど。あれとやっていける学生とか助手とか、絶賛募集中。院生二人なんて寂しい……」

「学生は理央さんで釣れるんじゃないっすか」

「僕？　ああ、うーん……やっぱいいや。面倒くさい」

さっきの女子学生たちのテンションを考えたら、途端に気持ちが萎《な》えてしまった。顔に釣られて来る学生が、おとなしくて優秀だとは思えない。むしろ余計な気苦労と手間がかかるのではないだろうか。

「日本の女の子って、あんなにガツガツしてたっけ？　二年しか離れてなかったのに、ちょっと浦島くんな気分」

「奎斗と一緒じゃないですか」

「んんー？」

賀津の発言に理央は首を傾げた。

「たぶん記憶が改ざんされてるんですよ。海外へ行って、大和撫子《やまとなでしこ》幻想に染まりでもしたんじゃないですか」

「ああ……」

それはあるかもしれないと思わず納得した。奎斗が理央を実際よりも大きくイメージしていたことは記憶に新しい。そして理央は留学中に、友人から日本人女性のイメージ――というよりは願望や妄想に近かった――を繰り返し聞かされていたのだ。

「さすが。そういうのも君の専門分野？」

「噂話の拡散には付きものですから」

「なるほど」

賀津の研究もなかなかおもしろそうだ。今度じっくりと彼の著書なりレポートなりを読んでみよう。

「いろいろ有益な情報をありがとう。もう行くね。ごゆっくり」

理央は立ちあがり、立ち去りがてら奎斗の頭を撫でて学食を出ていく。賀津の冷ややかな視線を感じたが、むしろ愉快で口の端が上がりそうになってしまった。そして帰りしな必要なものをいくつか買い、研究室へ戻った。

部屋には誰もいなかった。学生二人がランチに行ったのはともかく、桐原が出歩くのは珍しいことだ。これは学生たちからの情報だった。

「ま、いいか」

糖分補給のプリンとチョコレートを冷蔵庫に入れ、桐原と井田のカップを回収して洗った。

能城のカップはきちんと洗って伏せてあった。

コーヒーでも飲もうと湯を沸かしていると、桐原が戻ってきた。手には書類のようなものを持っていた。事務局からの呼びだしだったのだろう。

「おかえり。コーヒー飲む？」

「ああ」

言葉少なに答えた桐原は、デスクに戻ってパソコンを休止状態から戻した。もちろんパスワードはかけてあった。

ドリップコーヒーを入れて桐原のデスクまで持っていき、理央は空いた椅子に座る。

すっかり片づいた研究室で理央がやることはいまのところない。自分の研究か、あるいは桐原の研究を手伝うか、まだ決めかねているのだ。その決断をするために、まずは桐原の書いた論文に目を通しているところだった。

「おい」

「はぁ……？」

「さっき学食にいたな」

「いましたけどもー」

理央は顔を上げないまま、なに食わぬ顔で返した。どうやら見られていたらしいが、だからといって困ることはなにもない。

「もしかして弟分とやらは、ここの学生か？」

「なんだ、見てたんだ？」

「やに下がった顔で、小動物の頭を撫でてるところをな」

「失礼な。そんな顔してなかったでしょ」

せめて目尻が下がっているくらいに言ってほしいものだ。多少はデレデレしていたかもしれないが、みっともないほど崩れてはいないはずだ。しかしながら奎斗のことを小動物と称したのは納得だった。

「聞きしに勝るブラコンだな」

「あれくらい普通でしょ」

「なんだ、弟離れができないのか」

「する予定。っていうか、する以外ないよね。あっちがもう兄離れしちゃってんだから」

きっと理央は気分的な意味でひまを持てあますだろう。奎斗はなにかと抜けていて、昔からいろいろと気をまわす必要があったし、可愛いのに自覚が薄いものだから、なにかと心配で仕方なかった。奎斗もまた、誰より理央を頼ってきた。実の親よりも理央は頼られてきたはずだった。

兄代わりという名の保護者だったのだ。その役割はもう、恋人である男に移ってしまっている。

「大事な弟を置いて、なんで留学したんだ？」

「んー……まぁ、さっきあんたが言ってた通り、兄離れ弟離れ……のためだよ。あの子は友達より僕を優先しちゃう子だったからね」

住んでいた場所も年齢も離れていたが、秘密を共有していたせいもあってか、とにかく奎斗は理央に依存していた。高校生になってもそれが続いたとき、このままではいけないと思った。留学の誘いは、ちょうどいいタイミングだったのだ。

「なるほどな」

「まぁ、二年も向こう行ったくせに、僕のほうが離れられなかったんだけどね。正直、心に隙間《すきま》があるんだよねぇ。ま、そのうち慣れるでしょ。忙しくなれば、勝手に埋まるかもしれないし」

現に掃除をしているあいだは充実していた。桐原に言えば付けあがりそうなので、そんなことは言ってやらないが。

「だったらちょうどいい。講義用の資料を取ってこい」

「は？　わっ……と……」

放物線を描いて飛んできた鍵を慌てて受け取ってから、理央はうんざりした顔で桐原を見つめた。鍵を寄越《よこ》した意味は一つだ。

「三時には使うからな」

「えー、なんで忘れるんだよ」

「書斎にある」

「はいはい」

相変わらず人にものを頼む態度ではないなと思いつつ、理央は部屋を出ていく。今日は比較的涼しいし、散歩がてらいいかもしれない。ついでに先日買ったコーヒーを、研究室用に持ってきてしまおう。

曇り空の下を歩いて桐原邸へと向かい、先日と同じように足を踏み入れた。

「…………」

ピタリと止まってしまったのは仕方ないことだった。きれいにしたはずの玄関は、このあいだと同じようにゴミ置き場のようになっていた。

まさかとの思いで上がりこみ、一番手前の部屋を見て愕然《がくぜん》とした。

ほんの五日前は自慢できるほどきれいだったこの部屋が、見る影もないほどに散らかっている。いや、散らかっているなんて可愛い表現は正しくない。見るも無惨《むざん》に荒らされていた。きっと空き巣だってこんなに汚くはしないだろうというほどに。

声も出ないとはこのことだ。怒りを抑えつつ別の部屋を覗くと、やはりここもひどい有様だった。

「ありえないんだけど……」

たった数日でここまでできるのは、もはや才能といってもいいのではないだろうか。

理央は大きく息を吸い、ゆっくりと吐きだした。

(落ち着け。だめだめ、怒ったら負けだぞ)

どうせ怒りをぶつけたところで、桐原は微塵《みじん》も気にしないだろうし、むしろおもしろがりそうな気がする。もちろんなにを言ったところで改善なんかしないはずだ。

脱力感は否めないが、とにかくいまは資料だ。三時からの講義に間にあわないのは、学生たちが可哀想だ。いや、そもそも桐原の講義を取ってしまった時点でもう気の毒という気がする。

資料を探して引っつかみ、足早に大学に戻った。機嫌の悪さがしぐさや表情に出ているのか、すれ違う学生たちが理央に気付くなりさっと避けていった。

ノックもしないでドアを開け、ばさりと資料をデスクに落とす。桐原は礼も労いの言葉も口にしないが、そんなものは端《はな》から期待していなかった。

「なんだよ、あの部屋。人の苦労を無駄にしやがって」

「気になるなら片づけろ」

「ふざけんな。……図書館行ってくる」

一応宣言して部屋を出たものの、桐原から声はかからなかった。

いっそ清々しいほどの傍若無人さに呆れ果ててしまって、憤りもどこかへ吹き飛んでいってしまった。

さっきよりは歩調を緩めて理央は廊下を進み、場所だけ確認していたが立ち入るのは初めての図書館に入った。

探しているのは、いわゆる超心理学と言われるジャンルの本だ。オカルトだと揶揄《やゆ》する向きもあるが、桐原が取り組んでいる人体近傍電界通信にとっては、あながち無関係ではないと思っている。

たとえば気配を感じるというのは、視線や人の気のようなものを、人間の微細な感覚が受信しているものだと考えられる。それを拡大解釈していけば超能力や霊感といったものになるだろうし、理屈をつければ科学になる。

（ようするに人体近傍電界通信も、個人差があるってことだよねぇ……）

そこを埋めるためにも、日々適した媒体を探しているのだろうが、いまのところ劇的な結果は出ていないらしい。

とりあえず桐原研究室の一員となった理央は、桐原たちが触れていない分野から取り組んでみようかと思った。

めぼしい本をいくつか選び、閲覧室で目を通していく。そのうちに三時になったが、かまうことなく読み続けた。

（なるほど、訓練か……）

感受性は訓練によって上がることがあるようだ。いくつかの本を読み、理央はふむふむと納得した。

図書館を出たのは、桐原の講義が終わるだろう十分ほど前だ。いくらなんでも時間前に切りあげたりはしないだろうと考えて研究室に戻ると、呆れたことに桐原は当然のようにデスクに向かっていた。

「……休講にでもしたの」

「早めに終わらせただけだ」

「ふーん」

やる気があるのかないのか、態度からではよくわからない。ただ意外なことに、桐原の講義は出席率が高いらしい。そもそもが少人数だというが、能城に言わせると、SFや近未来ものフィクションのような話なのでおもしろいのだそうだ。ただし講義を聞く分にはいいが、研究室に入って桐原と顔をつきあわせるのはいやがるらしい。毎年数人がチャレンジしては敗れていくというのも有名な話だそうだ。

桐原は手にしたいくつかの金属サンプルのデータを睨みつけていた。新しい金属化合物らしい。

「あのさ……受信感度って、やっぱどう考えても個人差っていうか、個体差があるよね？」

「あるだろうな」

「媒体との相性もある？」

「当然あるな。それに、送り手との相性もな」

「ああ……そうだよね」

「急になんだ？」

桐原が椅子をぎしりと軋ませ、理央のほうを向いてきた。表情はまったく変わらないが、目の奥におもしろがっているような色が見え隠れしていた。

「いや、ちょっとこっちの研究に協力してみようかなーと思って。さっき超心理学の本を読んでたんだけど、訓練で確率が上がったりすることもあるらしいね。共通することもあるんじゃないかと思ってさ」

理央の言葉に、桐原はくっと笑った。

「フィクションの題材になりそうなところも共通してるな」

「でもあんたは現実にするつもりなんだろ？」

「当たり前だ」

さらりと告げられた言葉には、意気込みも漲《みなぎ》るような自信も感じられなかった。さも当然だと言わんばかりの言いぐさに、理央は笑みをこぼした。

「あんたらしいよね。それよりさ、訊きたいことがあるんだけど……なにをどうしたら、この短期間であんなに散らかせるわけ？」

「捜しものをしてたんだよ。普段はそこまでじゃない」

「いや、だから出したものはしまおうよ。いままでどうしてたの」

「月イチで業者を入れてる」

「ああ……」

桐原曰《いわ》く、きれいに片づけられた状態から、先週の状態になるのはだいたい三週間だそうだ。五日ほどで一部屋が潰れていく計算だという。てっきりもっと長い時間をかけてああなったと思っていたので、かなり驚いてしまった。

「もちろんあれから一回も掃除……してない？」

「してないな」

「だよね」

溜め息と同時に苦笑もこぼれた。それがどうしたと言わんばかりの態度には、呆れを通り越して感心すらしてしまう。

「せっかくきれいにしたのにな」

「また片づけに来い」

「あー……うーん、そうだなぁ……そうしよっかな。いまだったらまだ間にあうというか、なんとかなる感じだったよね」

放置すればするだけ、あの状況は悲惨なものになっていくのだ。理央にはなんの義理もないが、一度は関わってしまったせいか、見なかったことにするのは難しそうだ。あくまで桐原のためではない。家のためだ。

「せっかくのいい家が可哀想だし」

「ずいぶんと入れこんでるな」

「あんたにはもったいないくらいの、いい家だよ。あ、食材買って帰ろう。んーと、冷しゃぶでいい？」

「なんでもいい」

桐原はどうでもよさそうに言った。彼は食事を楽しむという意識がないらしいが、けっして味覚音痴ではない。それに意外なことに偏食もない。特別好きなものがない代わりに、嫌いなものもないのだ。

思いがけずまた掃除と食事係になってしまったが、ひまを持てあましている理央にはちょうどいい時間潰しだった。


元気よく伸びてくる雑草を引き抜いて、理央はふうと息をつく。

泊まる予定はなかったのに、気がつけばこの週末も桐原の家で過ごしていた。掃除はもちろん、洗濯も当たり前のようにしている。食事に関しては自分も食べるので、一人分が二人分になったというだけの感覚だ。

「まぁ、最低限にね」

必要なところだけしか抜かないことに決めたものの、その量は結構なものだ。植物の生命力は大したものだと思う。先週末にも、あまりに高くなりすぎている稲科の雑草を抜いたのだが、きれいにしたはずのところから、また新たに芽が出てきているのだ。

抜いても抜いても、また生えてくる。この家の主と同じではないか。

「掃除しても掃除しても、また散らかすし……」

まるでいたちごっこだ。しぶとそうなところまで、桐原と雑草はよく似ている。見た目だけならば、桐原は豪奢《ごうしゃ》な花と言ってもいいくらいなのだが。

「中身が残念だよね」

「誰の話だ」

突然振ってきた声に、理央は顔を上げた。雑草抜きと考えごとに没頭していたせいで、まったく桐原の存在に気付いていなかった。

「あんたの話。その見てくれで、その中身って、詐欺《さぎ》みたいな男だよね。美形に産んでくれた親に感謝しなよ」

とはいえ、全体的にはマイナスのままだ。見た目によるプラスなど、激しいマイナスの前では焼け石に水だった。

だが当の本人はふんと鼻を鳴らした。

「あいにく困ってないんだ」

「確かに、あんたは困ってないよね」

学生が居着かないこともまったく気にしていないようだし、家や研究室が汚かったことも、桐原本人は頓着していなかった。その分、周囲にいる人の一部が、精神的な被害を被《こうむ》っているのだが、それも桐原は気にしていないだろう。

「もうさ、きれい好きの奥さんもらえば？」

「きれい好きで、研究三昧《ざんまい》なのを許して、束縛も干渉もしないで、セックスなしでもいいって女がいるならな。いまのところ会ったことがないが」

「……うーん……」

桐原の言葉に、あらためて思った。これはなかなかに難しいことかもしれない。どうせ桐原のことだから、家庭より仕事を優先するだろうし、デートなんかするとは思えない。記念日の類も鼻で笑って無視しそうだ。

「温かい家庭とは、ほど遠い感じ……」

「興味もないな」

「っていうか、あんたが愛を囁《ささや》くとか……うわ、なんか鳥肌立った……！」

ほんの少し想像しただけでも気持ちが悪くてたまらない。この男には甘い言葉も表情も、まったく似合わなかった。

「黙ってたらもてそうなのにねぇ」

「たまに寄ってくるぞ。勝手に近づいてきて、勝手にいろいろ世話を焼いて、そのうち一方的に文句を言って逃げだす。面倒なだけだな」

目に見えるようで、理央は苦笑した。

「恋人っていたの？」

「さっき言ったみたいな女を恋人っていうならそうなんだろう。なんとも思ってないと言っても、それでいいからって勝手に纏わりつくんだよ」

果たしてそれを恋人と言っていいのかどうかは難しいところだが、相手が桐原に期待して尽くした挙げ句、失望して去っていくというパターンだけは理解できた。

桐原の口ぶりだと、そういった女性は一人ではなかったようだ。たまに、と言うからには、何人かいたに違いない。

それにしても、セックスしなくてもいいのが条件だなんて、この男は性欲というものがないのだろうか。この見た目と年齢で童貞というのも意外だが、性格を考えるとありえそうな気もする。あるいは女性経験はあるものの、顔に釣られた女があれこれ奉仕した末に乗っかるパターンか。

いずれにしても、桐原は本当にどうでもよさげだった。

理央はやれやれと溜め息をつき、念のためにもう一つ気になることを尋ねた。

「ちなみに子供は好き？」

「嫌いだが」

「ですよね」

予想通りの答えに、理央は大きく頷いた。桐原が子供にかまっている姿など想像もできない。騒ぐ子供の近くで顔をしかめている姿だったら、容易に考えられるが。

「おまえは好きなのか？」

「うん。ちっちゃい子、好きだよ」

奎斗が小さい頃などは、猫可愛がりもいいところだった。そのせいで一時期彼をキティなどと呼んでいたわけだが、本人がいやがったのでやめた。いまでは立派な大学生だが、小ぶりなサイズは相変わらず可愛いと思う。

「ふーん」

「まぁ、あんたが結婚に向いてなさそうなのはわかったよ。うん、いままで通り業者入れたほうがいいね」

「おまえがやってもいいんだが」

「は……？」

唐突になにを言いだすのかと、しゃがんだ状態のまま桐原を見あげた。首が痛くなるほどの高さに相手の顔はあった。

朝から曇っていたが、空はにわかに暗くなってきていた。耳を澄ませてみれば、遠くから雷鳴が聞こえてきた。

「……雨来そうだね」

「話を逸らすな」

「別にそういうつもりじゃなかったんだけど」

「とにかく、そういうことだから、あとは任せた」

「ちょっ……」

慌てて理央は立ちあがった。なにが「そういうこと」なのか、さっぱり意味がわからない。まるで話しあった末のような態度の桐原を、思わず殴りつけたくなった。

(やばいやばい。殴るのはまずいって)

なまじ腕に覚えがあるので、手を出すのは非常にまずいことだ。理央は昔から格闘技が好きで、自らも道場に通ったりして鍛えていた。いきがった連中を伸《の》したことも、一度や二度ではないのだ。

大きく息を吐いて落ち着きを取り戻し、理央は冷めた目で桐原を見返した。

「なに言ってんの、あんた」

「建設的な提案をしたつもりだが？」

「はぁ？」

「いつまでウィークリーマンションなんかにいるつもりだ？　つまらん集合住宅に住むくらいなら、ここにすればいい」

思ってもいなかった言葉だったから、理央はまじまじと桐原を見つめた。

「え、え……？」

「家賃はいらないぞ。代わりに掃除をすればな」

「……掃除だけですむとは思えないんだけど。洗濯も料理もでしょ」

言いながら理央は頭のなかで素早く計算をしていた。マンションを借りるための敷金と礼金、そして仲介料や家賃。揃えねばならない家財道具、基本的な調味料などの細かなもの。どう考えても五十万は下らない。桐原の提案に乗れば、それらはタダだ。労力は増えるが、もともとやらねばならないものの量が増えるだけとも言える。

なにより環境は比べものにならないほど、こちらのほうがいい。理央の予算で借りられるマンションは、どうしても手狭になる。システムキッチンは望めないし、風呂だって狭いユニットだろう。

（こっちなら、キッチンは広いし設備は充実してるし、贅沢な檜風呂だし、庭あるし、大学から近いし）

いいことづくしだ。マンションのほうが好きだという人間もいるだろうが、理央にとっては桐原邸のほうが魅力的に感じる。家主が面倒くさい男ではあるが、気を使わなくていいというのは楽でもある。

「うん。その話、乗った」

「好きな部屋を使え。仏間以外でな」

そう言って桐原は家へ戻っていく。空はますます暗くなり、雨が近いことを風も教えてきていた。

大粒の雨が降り出したのは、理央が洗濯物を取りこんですぐのことだった。

桐原の家に住むことを決めた、その日。理央は夕立が過ぎるのを待って、ウィークリーマンションから荷物を移動させた。翌日は実家へ出向き、必要なものを荷造りして宅配便で送った。

引っ越しはそれで終了だ。生活するのに必要なものは、すべて揃っているわけだから、理央が持ちこむものは服飾品が中心だった。あとはパソコンや本といったあたりだ。

『びっくり……』

電話の向こうで奎斗は笑っていた。ことのあらましを知らせたら最初は啞然として言葉もなく、やがて大きな溜め息をついたあとで、いまの言葉が出てきた。

本当は直接会って話そうかと思っていたのだが、ちょうど電話がかかってきたので、話してしまうことにしたのだった。

「奎斗のこと言えなくなっちゃったな」

『ほんとだよ』

何ヵ月か前に奎斗が賀津や太智との同居を決めたときも唐突だった。理央はいまと同じように電話で事後報告を受けたのだ。

「ま、いろいろとメリットがあってさ」

『でもその准教授って問題あるんだよね？』

「ストレスになるほどじゃないよ。言動はムカツクけど、スルーすればいいことだし、言い返しても怒らないしね」

『そうなんだ……』

「掃除も溜めたら大変だけど、散らからないように毎日片づけてれば、そんなに大変じゃないはずだし。あとは適当にエサやるくらいでOK。洗濯は倍だけど、まぁこれもいいやつ買うってことで承知させたんで、むしろ楽しみ」

最新型の洗濯機だけでなく、掃除機も新調していいことになったのだから、理央のテンションも上がろうというものだ。ついでに冬に向けて、布団乾燥機も買っていいということになった。

桐原はそれなりの資産家だ。彼の仕事はいまのところ金にならないが、不動産をいろいろ持っていて、その収入が生半可なものではないようだ。だが収入に反して、桐原自身は普段金を使わない。暮らしぶりを見ていればわかることだが、彼が金を使うのは自身の研究に関してがほとんどなのだ。大学側が桐原を野放しに近い状態にしているのは、彼がさほど金のかからない研究者だからだろう。

「ま、居候《いそうろう》なりにやることはやるよ」

『昔から世話好きだったもんね』

「そうだねぇ……」

言われて思わず納得した。かつては奎斗に向けていた「放っておけない」という意識が、きっといまは桐原に向かっているのだ。奎斗とは方向性がまったく違うが、つい口や手を出してしまうのは同じだった。

『気軽に遊びに行けないのは残念だけどさ』

「僕が遊びに行くよ。奎斗を呼んでいいか、桐原にも訊いてみるし」

『うん。あと、今度一緒にランチしよ』

「いいよ」

ランチの約束に関しては、奎斗から連絡を入れてもらうことに決め、とりあえず週のなかばくらいでということになった。

電話を切り、理央は畳の上でごろりと寝返りを打った。

ほとんど手入れがされていない庭は、よく言えば野趣あふれる空間だ。計算された美しい庭とは違い、木や草や花が勝手に生えて育っている。

理央はその庭がよく見える、東向きの部屋を使わせてもらうことになった。ここは独立した造りで、かつて客間として使用していたらしい。広さは八畳で床の間もあり、縁側付きという、理央にとってはよだれが出そうな部屋だ。周辺は昔ながらの住宅街なので、目立つほど高い建物もなく、塀や木の向こうには空しか見えなかった。

贅沢な話だ。部屋で寝転がったまま月見ができてしまう。数種類の木のなかには桜まであるので、春には花見だってやれる。

「そろそろ金木犀《きんもくせい》かな。冬には山茶花《さざんか》で、そのあと梅と辛夷《こぶし》で、沈丁花《じんちょうげ》……と」

ほかにも紫陽花《あじさい》らしきものがあったことだし、ここまで花の咲く木があるということは、おそらく意図して植えられたのだろう。桐原の親かもしれないし、祖父母かもしれない。あるいはもっと前なのか。いずれにしても、いい趣味だと思う。

理央もなにか買ってきて、花を咲かせてみようか。種からでもいいし、苗か球根でもいい。もちろんこの庭にあいそうなものにしたい。

「あー、楽しみ」

がばっと起きあがり、理央はキッチンへ向かった。

出入り口は襖なので施錠はできないが、鍵が必要だとは思わないので、まったく気にならない。急に入られて困ることはなにもないからだ。

桐原は書斎にいるのか、昼すぎから姿を見ていない。もちろん書斎は理央が片づけてきれいにしたが、きっとすでに机の上はぐちゃぐちゃだろう。

「まぁ、いいけど」

この家の環境は、多少金を積んだくらいでは手に入らないものだ。それを思えば多少の面倒や煩わしさなど些細なことだった。

(食費もいらないって言うし。あ、光熱費もか)

さすがに食費くらいはと思ったのだが、桐原は必要ないと切り捨てた。理由は面倒くさいから、らしい。

さすがに気が咎めるので、ひそかに買った食材のことは黙っていようと決めた。どうせ桐原はいちいち気に留めないだろう。

キッチンに着くと、理央はすぐに材料を取りだし、調理に取りかかった。


理央の居候生活は快適そのものだった。

布団の上げ下ろしがベッドに比べて少し手間ではあるが、それも些細な問題だ。慣れればどうということもない。

食後にリビングのソファで寛いでいた理央は、リモコンに手を伸ばしてテレビを消した。ニュースは項目だけ確認したが特に興味をそそられるものがなかったので、もう見る理由はなかった。最後に天気予報だけはチェックした。

「明日は夕立の心配なし、と」

洗濯日和《びより》だな、と小さく頷く。大学へ行く前に洗濯機をまわし、あとは帰宅後でも大丈夫だろうと踏む。万が一、天候が崩れるようならば、走って戻ればいいだけだ。近いというのは便利なものだと思う。

興味なさそうな顔で同じソファに座っていた桐原は、なにを思ったのか、急にごろりと横になった。

「ちょっと」

横になるのは別にいい。三人がけのソファだから、どうしたって無理があるが、ここは桐原の家なのだから好きにしたらいい。だが当たり前のように膝枕《ひざまくら》というのは、どうしたものかと思った。

「なにこれ」

「動くな」

「いや、退《ど》くけど？」

「退く必要はないだろう」

「なくもないと思うけどね……」

別に恥ずかしくもないし、理央自身は気持ちが悪いわけではないが、いい歳をした平均値を超える長身の男同士が膝枕というのは、傍から見たら気色悪いのではないだろうか。はっきり言って視覚の暴力だ。もっともここには、第三者はいないのだけれども。

あとの理由は、単純に暑いことだろうか。いくらエアコンが効いた室内でも、気分的にとても暑い。

「まぁ、いいか」

減るものではないし、捻《ひね》くれた大型犬が少し懐いて寄ってきたと思えば、目くじらを立てるようなことでもない。

桐原は目を閉じているが、眠っているわけではないようだ。

（スキンシップが激しいってわけでもないけど……まったくしないわけでもないよね）

ベタベタ触ったりはしないが、ふとした折にこうした接触があるのだ。かといって甘えているという感じもしない。あくまでそれが権利と言わんばかりだった。

「で、なにがしたいの」

「別に」

「まさかの寂しがりや、とか？」

「それは気持ち悪いな」

「うん、同感」

理央はくすりと笑い、相変わらず目をつむったままの桐原をじっくりと眺めた。普段、こんなに顔を眺めることもないので、せっかくの機会だから観察しようと思った。

（まずパーツがきれいだよな。形がいい。で、配置も文句なし）

よくできた顔だとあらためて思う。研究者にこの顔は、本当に宝の持ち腐れだ。

「その顔と図体と性格で寂しがりや……なんて、もうほとんどギャグだよ」

「そういうおまえはどうなんだ」

「僕？　んー……まぁ、結構寂しがりやかもね。幼なじみにブラコン気味だったのも、そういうことだし」

「ちょうどよかったな」

「なにが」

「代わりに俺をかまえるようになって、よかっただろう」

「なにそれ。恩着せがましく言われるようなことじゃないんだけど」

理央のために自ら代わりを務めてやっている……かのような言いぐさだが、なんのことはない、単に自分が楽をしたいだけではないか。

呆れを通り越し、蔑みを含んだ目で見つめてやるが、目を閉じている桐原には意味のないことだった。

「そういうあんたは、どうなの？　一人が好きってわけでもないんだ？」

「快適さ重視だな」

「だったらマンションにでも引っ越せばよかったのに。あんたみたいな人間には、マンションのほうが向いてると思うけどね」

「引っ越すのが面倒くさい」

「いろいろ矛盾があるなぁ」

ぽつりと呟いたら、桐原が目を開けた。こんな至近距離で目をあわせるのは初めてだが、自分から視線を逸らすのは癪なので、そのままでいた。

「矛盾？」

「ん？　ああ……うん、そう。だってさ、引っ越すの面倒とか言ってるけど、あんただったらそんなの人雇ってやらせるだろ？　それにこの家、もうほとんどあんたのものしか残ってないじゃん。それって誰かに片づけさせたってことじゃないの？」

亡くなったという両親の私物らしきものは見あたらないのだ。それは家中くまなく掃除した理央が言うのだから間違いない。そして収納先である箪笥などの家具も、必要な数しかないのだ。食器なども、使用者が決まっているようなもの――たとえば専用の箸や茶碗などもなかった。

「……やっぱり馬鹿じゃないんだな」

「そう言うってことは、自分でもいろいろわかってるわけね」

「不必要だと思ったから、両親の葬式が終わったあとで、処分させた。それだけだ」

「業者に頼んで？」

「ああ」

桐原の態度からは感傷はいっさい感じられなかった。淡々と事実のみを口にしているように見えたし、その表情はまったく変わらない。

果たして桐原は、なにを思っているのか。そもそも両親が他界したというのは、いつ頃の話なのか。兄弟がいないことは先《せん》だって判明したが、今日に至るまでそれ以上のことは訊けなかったのだ。あらためて切りだすのも気が引けたし、なかなかそういう会話や雰囲気になることもなかったからだ。

「あー……あのさ、ご両親が亡くなったのって、いつ？」

「十年前だ。位牌《いはい》を見ればわかるだろうが」

「いやいや、そんなじっくりとは見てないから」

何回か理央は線香をあげているが、意識して位牌の文字は読まないようにしていたのだ。見ていたのは写真ばかりだった。

「あんたって、ずっとここで暮らしてたの？」

「いや、高校を卒業したあとは親が死ぬまで一人暮らしだった。大学から徒歩二分のところにマンションがあってな」

「ここだってかなり近いだろ。っていうか、部屋大丈夫だったのか？　まさかその頃から業者入れてたとか？　あ、まさかお母さんが掃除に……」

「来るか。友人に金渡して掃除させてただけだ」

「わ。サイテー……っていうか、友達いたんだ？　すごい意外なんだけど」

思ったことを正直に告げると、舌打ちが返ってきた。顔をしかめてはいるが、桐原はさほど気分を害したふうでもなかった。

「おまえのなかで俺はどんな人間なんだよ」

「えー……少なくとも友達がいるタイプじゃないかなぁ。下僕だったらいても不思議じゃないけど」

「俺への認識がよくわかった」

おもしろくなさそうに鼻を鳴らし、桐原はまた目を閉じた。

「だって、金で掃除させるとか、大概だと思うよ」

「小遣い稼ぎに喜んでやってたんだ。なんの問題がある」

それは本当の友達なのだろうかと、ふと疑問が湧いてくる。友人関係にもいろいろと形はあるだろうから、理央の感覚がすべてとは言えないが。

「ちなみにその友達って、いまは？」

「何年か前にドイツに行った。向こうで結婚したらしいな。年に一回か二回、向こうがメールを寄越す程度だ」

「ふーん……」

まぁそんなものだろうと軽く頷いた。どうやら友人はよほどマメか、人がいいのか、いまだに桐原のことを忘れていないようだ。

「もの好きってどこにでもいるんだね」

「ここにもいるな」

「僕はこの家が気に入ったんだよ。でも総合的に考えてプラスになったたってだけ。こういう一軒家に憧れがあるんだ」

「家だけよくても仕方ないがな」

自嘲するような呟きは、自らのことを言ったのかとも思ったが、すぐにそうではないと気がついた。苦いものがそこには込められていたからだ。

この家には、両親との思い出に繋がるような品がない。写真らしきものすら、遺影以外に理央は見ていない。

あるとすれば、柱に刻まれていた傷くらいだ。それもかなり小さな頃のものしかなかったように記憶しているし、桐原の身長を測ったものとは限らないだろう。彼の親のために、付けられたものかもしれないのだ。

「いやだったら答えなくていいけどさ……もしかして両親と仲よくなかった？」

「仲が悪い以前に、互いに興味が薄かったな」

「興味が薄い……」

「もともとうちは、ここらの地主だったらしいんだが、父親の代で事業を興《おこ》して、それが成功してな。俺が十歳になるかならないか、くらいだったか。それからは仕事に夢中で、家族のことなんか頭になくなったらしい」

ようするに家庭を顧みなくなった、ということらしい。桐原によると、やがて母親もそんな夫を冷ややかな目で見るようになり、同じように外へと目を向け始めた。ただし体面だけは気にする人たちだったので、離婚も別居もしなかったし、夫婦揃って出向かねばならないような席には、必ず二人で出かけていたそうだ。逆に言えば、それ以外で二人が言葉をかわすことはほとんどなかったという。

そうして二人は、知人の娘の結婚式に出席した帰り道、交通事故で他界した。桐原はそう淡々と語った。

「あれだけ冷えきってたのに、死ぬときは一緒だなんてな」

皮肉っぽく口もとが歪《ゆが》むが、どこまで本音なのかはよくわからなかった。

思い出の品は残していないくせに、この家から離れることは考えていないらしいし、あれほど家を汚くしていたのに、仏壇の部屋だけはきれいだった。それに毎日線香をあげているようなのだ。

「……一人じゃ広すぎるとか、思わないの？」

「別に」

「ここがいいんだ？」

問いかけに返事はなかった。肯定の証《あか》しかもしれないし、答えるのもくだらないと思っているだけかもしれない。

だが理央のなかで、桐原への印象は少しだけ変わりつつあった。

（意外と可愛いとこあるかもね）

整った顔を見下ろしながらそう思った。

桐原なりにこの家が好きなのだろう。愛着なり思い入れなりがあるのかもしれない。彼の言葉から推測するに、父親が事業に成功するまでは家族関係もよかったのだろうし、いい思い出だってあるはずなのだ。

「ここから離れたくないんだろ……？」

返事がないのは承知で言ってから、理央も目を閉じた。

家のなかは驚くほど静かで、機械類が立てるかすかな音や、古い柱時計が秒を刻む音くらいしか聞こえない。

だが耳を澄ませると、虫の音が静かに聞こえてくる。そう遠くはないだろうが、外からの鳴き声はかなり小さく聞こえた。

「ねぇ、エアコン消して窓開けない？」

網戸があるのだから虫が入ってくることもないだろう。問題があるとすれば不用心というくらいだが、こちらは大の男が二人なのだからそう心配することもないし、理央は腕に覚えがある。

返事を待っていても、桐原が口を開く様子はない。

「……開けていいってことか？」

再度問いかけても、やはり反応はなかった。いまの問いかけを無視する理由はないはずだから、考えられるのは——。

「まさか、寝てる……？」

軽く指で頭を小突いてみるが、桐原はぴくりとも動かない。

（そういえばどんな環境でも眠れるって、言ってたっけ……）

硬いテーブルをベッド代わりにして何日も泊まり込める人間なのだから、ソファの上なんて極上の寝床にも等しいはずだ。

男の膝枕というのは、どうにも寒いけれども。

理央はちらりと時計を見て、どうしたものかと考えた。

いつまでも膝を貸していたら、なにもできない。まだ九時になったばかりで、理央にとっては宵の口だ。好きな本を読んだり友人と連絡を取りあったりと、したいことはいろいろとある。

「うーん……」

どうしたものかと考えながら、理央は桐原の髪を撫でた。意外と手触りがよくて気持ちがいい。

そのまま何度が手を滑らせていたが、はっと気付いて手を離した。

一体なにをしていたのか。いくら膝枕を許したからといって、撫でるまではしなくてよかったはずなのに。

理央は自分の行動に理由がつけられず、動揺していた。

「やっぱ終わり！」

いつまでも膝枕だなんて薄ら寒いことをしてやる理由はないと、理央はすぐに立ちあがった。動く際に配慮しなかったので、枕に退かれたことでソファに頭が落ちた桐原は、不快そうに目を開けた。

普段の三割増しに目つきが悪くなっていた。

「なにしやがる……」

「勝手に寝たのはあんただろ」

言い返したときには、もう桐原は目を閉じていた。険しい表情はもうしておらず、眠っていたときと同じ顔だった。

「ちょっ……また寝る気？」

「…………」

「寝るなら部屋に行きなよ」

「連れてけ」

「ふざけてんの？」

偉そうというよりも、図体の大きな子供のようだ。これが奎斗だったら、可愛さに負けて抱っこで連れていってやるところだが、あいにく桐原相手ではそんな気になれない。それ以前に、さすがに物理的に無理そうだ。

「いい大人が言うことじゃないよね」

多少嫌味っぽく言ってみても、なにも言い返しては来ない。また眠ってしまったのか、それとも無視を決めこんでいるのか、見ているだけではわからなかった。

しばらく待ってみたが、状況は変わらない。

「よし、見捨てる」

行ってしまおうと決めて数歩進んだが、理央はリビングの出口でぴたりと足を止め、しばらくそのまま立ちつくした。

せめてタオルケットでもかけてやるべきか。だがわざわざ取りに行くくらいなら、起こして部屋へ行かせたほうがよくないだろうか。あんなところで眠られて、風邪でもひかれたら面倒だ。いや、馬鹿だからひかないかもしれない。

いろいろと考えて、理央は結局大きな溜め息をつきながら振り返った。

「起きろ。で、自分で歩け」

ずかずかと大股でソファに近づき、胸ぐらをつかんで引き起こした。思ったより重くなかったのは、桐原がある程度は自分で身体を起こしたからだ。狸寝入り《たぬきねい》りだった感じではなく、半分眠りに落ちていたという感じだったのだろう。

引き立たせて部屋まで連れていきながら、手がかかるにもほどがあるだろうと思った。これで三十すぎというのはひどい。

ちらりと見るが、桐原は目を開けていない。それでも手を引かれて歩いているので、まるで夢遊病にでもなったように見えた。

「ほら、着いた」

寝室へ辿りつき、上掛けを捲《まく》ってベッドに放りこもうと手を離す。

その途端に、桐原は理央を巻きこむようにして倒れこんだ。

「ちょっ……」

重なり合うような形で倒れた理央は、下敷きにした桐原を見たが、彼はなにごともなかったような顔をしていた。

桐原の腕は理央の腰と背中にしっかりとまわされていて、離れようとしてもびくともしなかった。意外と馬鹿力だ。

「すみませんけどー、離していただけますー？　暑くて不快指数マックスなんですけど」

この部屋はエアコンが入っていなかったものだから、温度湿度ともにかなり高いのだ。じっとしているだけで、汗が噴き出てきそうになる。

理央は手を伸ばし、急いでエアコンのスイッチを入れた。届く範囲にリモコンを置いたのは正解だった。すぐにどこかへやってしまう桐原のために、ベッドサイドにリモコンを収納する場所を作ったのだ。

間もなく冷風が出てきて、理央はほっと息をつく。待っているあいだも桐原を引きはがそうと躍起になったが、かえって暑くなるだけの結果に終わっていた。

「おーい、桐原くーん。なにがしたいの？　暑さで脳でもやられた？」

いくら話しかけても返事はなかった。眠ったならば腕の力は緩んだままになるはずだが、桐原は理央がちょっと動くと途端に引きよせるようにして腕に力を込めるのだ。

「本当に甘えんぼさんか？　ちょっと気持ち悪いんだけど」

言われ放題の桐原はなにひとつ反論がないまま、時間だけが過ぎていく。

もがいているのも一人でしゃべっているのも馬鹿らしくなり、理央は力を抜いて桐原が寝入るのを待つことにした。無駄な体力はできれば使いたくない。

部屋が冷えてきたので、タオルケットを引きあげて肩のあたりまで覆った。エアコンの効きがいいのか、密着していても不快ではなくなっていた。

（なんなの、この状況……）

まさか男とベッドに入るはめになるとは思っていなかった。ただ同じベッドで寝るという意味ならばともかく、これほど密着したままとは。

いくら桐原のベッドが大型のものでも、ぴったりとくっついている状態では意味がない。

（二度とないと思ってたんだけどなぁ……）

思わず理央は遠い目をしそうになった。

実は過去に、一度だけ同性と付きあったことがあるのだ。高校のときの、わずか半年の付きあいだった。

当時理央は男子校に通っていた。高校三年のときに一つ下の後輩に告白され、その一途《いちず》さに絆《ほだ》されるようにして付きあい始めた。相手は可愛い顔をした小柄な子だったから、抵抗感が薄かったのかもしれない。男同士であるほかは、ごく普通の付きあいをした。キスもしたし、セックスもした。もちろん理央は抱く側だった。そして特に大きな理由もなく、卒業を機に別れてそれっきりとなった。

思春期の気の迷いだと理央は思っている。後にも先にも、同性を恋愛やセックスの対象にしたことはなかったからだ。

(うん、あれは麻疹《はしか》みたいな……もので……でも、なんか……)

もやもやとした理解できない気持ちが、さっきからずっと理央のなかで燻《くすぶ》っていた。漠然といやな予感がしている。

なにかいやなのか、考えようとしても纏まらなかった。

(あー……ヤバい……)

心地いい浮遊感のようなものが、ふわふわと全身を包んでいる。規則正しい桐原の鼓動が、理央を眠りに誘っていた。

こんな時間から眠れるわけがないのに、実際には意識が落ちかけている。起きあがろうとしても、すでに力が入らなかった。

起きろ起きろと自分に言い聞かせても、意識は逃げるようにして眠りのほうへと行ってしまう。

ありえない。そう思ったのを最後に、理央の記憶はぷっつりと途絶えていた。

心地いい眠りから覚めたとき、目の前にあったのは桐原《きりはら》の顔だった。

理央《りお》はあやうく声を上げそうになり、必死でそれを呑《の》みこんだ。その分、ひゅっと息を呑むような音が出たし、身体《からだ》もびくりと震えたが、桐原は目を覚ます様子もなかった。

ちらりと視線だけ動かして時計を見ると、午前六時を指していた。

(九時間睡眠!)

常の理央ではありえないほどの睡眠時間だ。そもそもあんなに早い時間から眠れたことが不思議だった。

カーテン越しの外はすっかり明るい。カーテンが開けっ放しの窓辺にスズメが留まり、ちゅんちゅん鳴いているのがなんとも可愛い。

「うーん……男に抱かれたまま一夜を過ごしてしまった……」

いろいろと語弊のある言い方になったが、間違ってはいない。相変わらず桐原の腕が身体にまわっているのは確かなのだ。

男と同じ寝床で朝を迎えたのは初めてだった。かつて付きあっていた高校の後輩とは、泊まりのデートをしたことはなかったし、それ以外の友達ともさすがに同じ布団やベッドで寝たことはなかった。例外は奎斗《けいと》だけで子供の頃は何度かあったが、さすがにある程度育ってからは、そういうことをしていない。

かろうじて焦点が結べる位置にある顔に、もう一度目を向けて、まじまじと整った顔を見つめた。

(ほんとにキレーな顔だなぁ……意外とまつげ長いし、唇の形とかも……)

引き締まった口もとを見た途端に、理央はとくんと心臓が跳ねる音を聞いた。ひどく久々のその感覚に、一瞬なにが起きたのかわからなかった。

気のせいか顔が熱い。そして桐原の唇から目が離せない。

(いまの、って……いやいや、そんなはず……)

まさかの考えに、思わずかぶりを振った。そのせいか桐原は眉《まゆ》をひそめ、それからゆっくりと目を開けた。

寝起きのせいか、壮絶に桐原は艶《つや》っぽかった。セクシーなんて表現が当てはまる男じゃないと思っていたのに、色気は並大抵のものではない。

吸いこまれそうな深い目に、理央はふらふらと吸い寄せられてしまう。

わずかに桐原が目を瞠《みは》った直後、彼の唇を塞《ふさ》いでいた。目を閉じてしまったから、その後桐原がどんな顔をしていたのかは知らなかった。

啄《ついば》むようなキスをしてから、唇を舐《な》めて、桐原が拒絶しないことをいいことに、そのあと舌を差しいれた。

意外なことに絡めた舌は柔らかだった。反応はほとんどないが、かまうことなく舌先を吸い、口腔《こうこう》を舐めまわした。

頭のなかには冷静な部分も残っていて、この行動を「ありえない」と思っていた。よりによって桐原を相手に、なんてことをしているのかと。

まるで毒気に当てられてしまったようだ。衝動なんて無縁だと思っていたのに、いきなり寝起きの相手を襲っているのだから。

少しずつ頭が冷えてきて、理央はバツの悪い気分で唇を離した。キスを始めたときよりは落ち着いているが、それでも変なスイッチは入ったままだった。

さすがに桐原の顔は見づらかった。

「……あー……その……ごめん」

「いや」

返ってきた声はいつもとまったく変わりなかった。起き抜けで男にディープなキスをされたというのに、動揺した様子など微塵《みじん》もない。

ちらりと視線を上げると、見慣れた表情で桐原は理央を見ていた。どこかおもしろがっているような、普段通りの顔だった。

理央をおかしくさせた、あの色気たっぷりの雰囲気は霧散していた。少しほっとすると同時に、ディープキスの直後にこの様子という事実に、男としてのプライドが疼《うず》いた。

「とりあえず離してくんない？」

「別にいいだろう」

「襲われても知らないよ？」

いまはいいが、いつさっきのような衝動に駆られるのかはわからないのだ。ましてこんなに密着していては、簡単に刺激されてしまいそうな気がする。

「欲情してるのか？」

ストレートな問いかけは、どこかからかうような響きを持っていた。余裕から来ているのか、あるいはこの手のことへの無頓着《むとんちゃく》さから来ているのか。いずれにしても、桐原は危機感など抱《いだ》いていないらしい。

理央は溜《た》め息をついた。

「そうだよ」

認めたくはないが、理央は桐原に対してその気になったのだ。恋でも愛でもないと思うが、確かに欲情はした。

基本的に理央は、好きな相手としかセックスをしたくないタイプだ。セフレなんて考えたこともない。だがいまは感情など二の次だと思えるほど、目の前にいる男が欲しくてたまらなかった。

「あんたに欲情してる」

「ふーん」

そっけない返事に、ちくりと胸が痛んだ。理央はこんなにも桐原に惑わされているというのに、桐原はなんとも感じていないのだ。

急に自分が滑稽《こっけい》に思えて、理央は目を逸《そ》らした。

「なんか……自覚なかったけど欲求不満だったのかもね」

冗談めかして言ったあと、桐原の腕を振りほどこうとしたが、この期《ご》に及んでも身体にまわされたままの腕は離れていかない。

なんのつもりかと睨《にら》みつけると、桐原は目を細めて笑った。

「だったら、やろうか」

「は……?」

思わず理央は眉をひそめてしまった。話の流れからして、桐原が言いたいことは一つしかないだろう。だがにわかには信じられなかった。

桐原という男との付きあいは浅く、理央はまだ彼のことがよくわかっていない。揶揄《やゆ》する意味でいまの言葉を口にしたのか、そこまでの意味さえないただの軽口か、判断はつけられないのだ。

「……どういう、意味？」

「どうもこうもないだろうが。セックス以外になにがある」

「簡単に言うね」

「たかがセックスだろう？」

「相手は男だよ」

「見ればわかる。男に興味はないが、別にこだわりがあるわけじゃないしな。性別もだが、もともと相手の見た目も気にしない質《たち》だ。ついでに言えば、口が堅くて煩《わずら》わしくなければ性格もどうでもいいな」

桐原が言うと本当にそうなのだろうなと思えた。美醜を気にしない、と言う人間は何人か見てきたが、それはあくまで外見より内面を重視するという意味であり、桐原のようにどうでもよさげに言っていたわけではなかった。桐原の場合、外見どころか内面すら、こだわることではないらしい。

「気持ちよければいい、ってこと？」

「そういうことじゃない。快感を得ることに対しての興味は尽きないがな」

「意味わかんないんだけど」

「で、結局やるのかやらないのか、どっちなんだ？」

「……本当にいいんだ？」

同性との経験がないようなことを言いながら、桐原はどこまでも落ち着いていた。こだわりがないにもほどがあるだろうと思った。

「俺がいやなことをわざわざすると思うか？」

「思わない。……じゃあ、するから」

理央は桐原が着ているシャツのボタンを外していく。麻の入った生地はサックスブルーで、着たまま眠ってしまったからしわくちゃになっていた。せっかく昨日洗濯してアイロンまでかけてやったというのに。

どうせまた洗濯機行きだと思うと、脱がせたシャツの扱いもつい適当になる。理央は無造作にシャツをベッド脇《わき》に落とした。

あらわにした桐原の上半身は思っていた以上に引き締まっていて、思わず見とれてしまうほどだった。

肩幅があり、しっかりとした厚みもあり、手足がいやみなほど長い。

理央も手足は長いほうだが、いかんせん身体の厚みという点でまったく桐原には及ばなかった。確かに桐原と比較すれば、理央などは痩《や》せている部類に入るのだろう。ただしバランスはいいはずだと自負している。全盛期よりは筋肉が落ちてしまったが、それでも細いだけの身体ではないはずなのだ。

「どうした？」

「……いや、いい身体してるなと思ってさ。ろくに運動してないくせに……」

「体質だろうな」

さしてありがたくもなさそうに本人は言っているが、理央からすれば羨《うらや》ましい限りだ。かつてどんなに鍛えても、満足のいく肉体にはなれなかったし、道場に通わなくなって以降は明らかに筋肉が落ちた。奎斗が理央に小さくなったと言ったのも、あながち間違いではなかったのかもしれない。

出そうになった溜め息を呑みこんで、理央はゆっくりと桐原の胸に手を這《は》わせる。張りのある肌に、きちんとついた胸筋。つい触りたくなってそこから腹へと手を滑らせるが、桐原は興味深そうに理央を見つめるだけで、ぴくりとも反応しなかった。

乳首に唇で触れ、舌先でいじろうとしたら、頭上から声が降ってきた。

「そっちはいいから、とりあえずフェラしろ」

「とりあえず、ってね……」

こんなときでも桐原は自分勝手で、しかもムードだの情緒だのといったものはまったく考慮しないらしい。恋人ではないのだから当然なのかもしれないが、この男だったらたとえ恋人が相手でも変わらないような気もする。

「なんでいちいち偉そうなの」

少しくらい照れたり戸惑ったりしてくれてもいいのに……と思い、理央は慌《あわ》てて自らの考えを否定した。そんなのはきっと気持ち悪いだろう。

だが感じている桐原は見たいから、言われた通りに口で奉仕してやることにした。それにやりたいと言ったのは理央のほうなのだから、多少のことには目をつむろうと思った。

チノのボタンを外し、脱がしてしまおうとしたが、シャツのときとは違って協力はしてくれなかった。それどころか上体を起こしながら長い腕で理央の頭をつかみ、早くやれと言わんばかりに引きよせようとした。

「ちょっと」

「のんびりしてるからだ」

「あんたに情緒を求めるのは間違いだって、よーくわかったよ」

こうなったら、なにがなんでも色気のある雰囲気に持っていこう。理央は心に決めて、桐原のものをあらわにした。

予想に違《たが》わぬ姿形に、チッと舌を打ちたくなった。万が一小さかったら笑ってやろうと思ったのに、少しも笑えなかった。

身体の大きさや態度に見あったそれに、ゆっくりと舌を寄せていく。初めてのことではないから抵抗感はなかった。

とはいえ同性を愛撫《あいぶ》するのはひどく久しぶりだった。以前と明らかに違うのは、相手が自分よりも大柄な男だということと、年齢だろうか。もちろん性格的なことまで含めたら、もっと違いは挙げられる。ようするに性別以外は正反対といっていいくらいの相手なのだ。

丹念に舐めてから、先を含んで舌先で刺激してやった。

はっきりと反応したそれに気をよくし、理央は舌を絡めながら桐原のものを扱《しご》いた。手を添えて動かし、揉《も》むことも忘れない。

ちらりと上目遣いに桐原を見ると、薄く笑みを浮かべて理央の顔を見下ろしていた。

感じてはいるらしいのに、あくまでも余裕の態度だ。気持ちよさそうな顔をすればいいのに、楽しげに笑っているように見えるし、声を出すでもない。

悔しさが顔に出たのか、桐原が喉《のど》の奥でくっと笑った。

「いい顔だな」

声は少し、掠《かす》れているだろうか。長い指を髪に差しいれられて、理央は思わずぞくりと震えてしまう。

「……ねぇ、よくなかった？」

口を離して問いかけると、桐原の指がすっと首まで下りてきた。

「うまくはないな。だが充分だ」

「悪かったね」

基本的に恋愛対象もセックスの対象も女性なのだから、うまくなくても仕方ないじゃないかと開き直った。同性とのセックスなんて高校生のときに数えるほどしか経験がないのだから下手なのは当然なのだ。

「別に悪くはない。さっきの顔も、やけに可愛かったしな」

「は……？」

「来い」

屈《かが》みこんだ格好のまま顔だけ上げていた理央は、桐原に引っ張られてその腕に抱きこまれた。そうして声を上げる間もなく、唇を塞がれる。

桐原からキスをされるとは思っていなかった。しかも妙に手慣れたふうなのだ。

唇を甘嚙《あまが》みしてから、舌が入ってきた。もっとのそっと入ってくる感じかと思っていたのに、意外にもキスは無粋じゃなかった。

（なに、こいつ……うまっ……）

厚みのある舌先に絡みつき、あるいは歯列の根元を舐めて、口腔を甘く嬲《なぶ》っていく。

気持ちがよくて、夢中になってキスに応《こた》えた。

いままで理央は相手からキスについて文句を言われたことはなかったが、桐原と比べたら未熟だと認めざるを得ない。あるいは相手を気持ちよくさせようと必死になりすぎていたのかもしれなかった。

いずれにしても理央が予想していなかった展開なのは間違いない。だんだんと頭がぼうっとしてきて、力が抜けていく。

桐原の手がウエストからボトムのなかに入ってきて、直接尻を揉まれた。

「ん……んっ……」

唇を塞がれたまま、くるりと身体の位置を入れ替えられ、ベッドに仰向《あおむ》けに寝かされた。同時にボトムが腿《もも》まで引き下ろされる。

理央はそれをぼんやりと認識しているだけだった。脱がされていることはわかっていたが、いまはそれよりもキスに気を取られていた。

シャツが胸の上まで捲《まく》られ、ボトムは下着ごと脚から引き抜かれた。

「やっ……」

離れていった唇が耳朶《みみたぶ》を嚙み、ぞろりと舌を這わされると、おかしなことに身体中から力が抜けていってしまう。

キスは首から鎖骨へと滑っていき、あらわにした胸に辿《たど》りついた。

胸に埋《うず》められ、ようやく理央は我に返った。かまうことなく乳首を吸われて、さすがに少し慌ててしまう。

「いいって……！　ちょっ……」

「うるさい。どうせ口開くなら、よがり声でも上げてろ」

乳首に軽く歯を当てられた途端、甘い痺《しび》れに身体が震えた。声こそ上げなかったが、いまのが快感だったことはわかっていた。

軽く触られた経験はあっても、愛撫されたことなどない場所だ。理央が付きあってきた相手は、いずれもセックスに関してはひたすら受け身なタイプだったのだ。てっきり桐原もそうだと思っていたのにまったく違ったようだ。

（セックスは、したくないみたいなこと……言ってたくせに……っ）

いかにも面倒くさそうな、あるいは好きではなさそうな態度だったのに、この積極性はなんだろうか。それとも勝手に理央がそう解釈しただけだったのだろうか。

とにかく桐原は、相手に奉仕させる一方ではなかったようだ。

愛撫によってぷっくりと立ちあがった乳首に舌が絡み、味わったことのない気持ちよさが全身を包んでいる。強く吸われたり指で摘《つま》まれたりすると、びくっと身体が小さく跳ねて、あやうく変な声が出そうになる。

大きな手が胸から脇腹を通って腰で遊び、腿を通って膝《ひざ》まで撫《な》でていく。ところどころ反応してしまう場所があって、理央は何度も小さく震えた。

腿を撫であげた手が、そのまま脚のあいだにあるものを捉《とら》えた。そうして包むようにしてゆるゆると扱いてきた。

「うぁ……っ」

思わずぎゅっと目を閉じてしまう。すると余計に感覚が鋭くなったような気がして、無意識に指の背を嚙んでいた。

とっくに理央の前は反応し、形を変えている。やけに高まるのが早いと思うのは気のせいではないだろう。

「ふ、っ……う……」

扱かれているところは当然だし、胸だって情けないほど快感を生みだしている。自分の身体がこんなに感じるなんて思ってもいなかった。

舌先が乳首のまわりをぐるりと舐めてから、ゆっくり胸を離れていく。

少しずつ下へと向かいながら、桐原はあちこちにキスをし、あるいは歯を立て舌を這わせた。あちこちに感じるところがあって、理央はその事実に茫然《ぼうぜん》となった。

さんざんキスを落としたあとで、ようやく唇は中心へと辿りつく。

「んんっ……！」

舐めたあとで口に含まれて、理央は軽くのけぞった。

こちらもあまり経験がないのだ。遠慮がちに手で触れられることはあっても、口でされることはまずなかったし、理央も期待してこなかったからだ。

理央がしたときよりもねっとりとした愛撫に、たちまち腰から身体が溶けていく。両手を桐原の髪に差しいれて、感じるたびに何度もかき乱してしまった。

常にないほど高められた身体は解放を求めてびくびくと震えている。もう限界がそこまで来ていた。

「ぁあ……っ、あ……！」

先端のくびれを舌で突《つつ》かれ、それから強く吸われて、強い衝撃にびくんと身体が大きく震えた。

上りつめたところから、すうっと感覚がもとの位置にまで戻ってくる。

冷静になると、さっきまでの自分の様子がとんでもなく恥ずかしく思えた。初めて他人の口で愛撫され、気持ちよさが戸惑いだとか抵抗感だとかを軽く凌駕《りょうが》してしまった。乱れたというほどではなかったにしろ、理央にとっては思いだしたくもない痴態だった。

余韻なんて味わったこともなかったのに、なぜかいまは身体に甘ったるいものが残っているような気がする。あるいは妙な疼きとでも言おうか。

「はぁ……」

気だるい息を吐きながら身体を起こそうとすると、肩を押されてベッドに戻された。

見あげた桐原の顔は相変わらずの余裕を感じさせた。

「なに？」

「なに、じゃないだろうが。続きだ。さっさとやらせろ」

「はっ？」

素《す》っ頓狂《とんきょう》な声が出てしまい、理央はそのまま固まった。そんな理央を桐原はひどく愉快そうに見下ろしていた。

(桐原が、僕を……？)

まったく想像していなかったわけではないが、あえて排除していたパターンだった。桐原が抱くという部分よりも、自分が抱かれるということが考えられなかったのだ。

啞然《あぜん》としている理央を見て、桐原は目を細めた。

「なんだ俺をやるつもりだったのか？　おもしろいやつだな」

「……いや、おもしろいっていうか、普通でしょ。僕はネコの経験なんかないし。人よりデカイんだけど」

「俺もだな。だから譲歩しろ。どう考えても俺のほうがうまいし、おまえも抱かれるほうが向いてる」

「なっ……うぁ……」

聞き捨てならないことを聞いた。だが反論するより先に後ろを濡《ぬ》れた指で撫でられ、ぞくんと肌が震えた。

そんなところを他人に触られたのは初めてなのに、不快だとは思わなかった。される側なんて、いやなはずなのに――。

「やめろって」

脚を閉じようにも桐原の身体が邪魔して叶《かな》わないから、代わりに手を押さえた。だが単純な力比べではやはり負けてしまう。

「往生際が悪いな」

「だから……っあ、う……」

耳朶を嚙まれた途端、身体から力が抜けた。いままで理央にこんなことをする相手はいなかったから、こんなに耳が弱いなんて知らなかった。ただ気持ちがいいだけではなく、まったく力が入らなくなってしまうのだ。

「耳が特に弱いな」

吹きかかる息にすら感じて、思わず小さく声を上げた。

水音をさせて舌先がなかへ入りこみ、嬲るようにして耳を愛撫する。身体の芯がじわんと溶けていくのがわかった。

執拗《しつよう》に耳をいじる一方で、桐原は指を使って理央の後ろを濡らした指で撫で、ゆっくりと差しいれた。

「っぁ……」

「狭いな」

「だったら抜けっ……て、気持ち悪い……」

「すぐに慣れる」

ずいぶんと簡単に言い放った桐原は、差しいれた指をぐちぐちと動かし、広げるようにしてまわしながら出し入れを繰りかえす。

異物感のひどさに泣きたくなってきた。実際には泣いたりなんかしないが、気持ち的にはそうだった。

「他人《ひと》ごと、だと思って……」

こんなことを奎斗は受け入れたのだ。そしてかつての後輩も。彼らのけっして大きくはない身体でこれに耐えたのだと思ったら、理央が泣き言を口にするのは間違っているような気がしてきた。

かといってこのまま抱かれてやる理由もない。理央は確かに桐原に欲情したが、抱かれたかったわけではないのだ。

「ごめん、やっぱ無理……悪い、けど……」

「いまさらだな。つべこべ言わずに、色っぽく鳴いてろ」

「待っ……ぁあっ……！」

悲鳴じみた声が勝手にこぼれ、身体が大きく跳ねあがった。曲げた指で内側から刺激されて、電流を当てられたような激しい感覚が襲ってきた。

なにをされているのかはわかっていた。だが自分がそこをいじられる日が来るなんて、つい さっきまで想像もしていなかった。

容赦なくそこをいじられて、びくびくと腰が跳ねた。逃げようとしても、上から押さえるようにしてのしかかられ、耳朶を口に含まれて愛撫されていては、思うように抵抗することもできなかった。

自分のものとは思えないような声が響いている。指を増やされても、ぐちゅぐちゅと淫猥《いんわい》な音が耳を打っても、理央は桐原にされるまま喘《あえ》ぐことしかできない。

抱かれることに対して抵抗はあるものの、桐原とのセックス自体はいやではないのだ。ただ開き直れていないだけで。

ふいに桐原はくすりと笑った。

「やっぱり向いてるな。こんなに感度のいい身体も、そうそうないんじゃないか？」

「嬉《うれ》し……く、ないっ……」

「喜べよ。自分の適性がわかって、よかっただろうが」

「なに、言っ……バ、カッ……触……な、ぁ……っ」

必死で悲鳴を噛み殺し、理央はシーツに爪を立てる。さっき達したばかりだというのに、身体はまた反応していた。

桐原はいたぶるように内部をいじりまわし、理央から抗《あらが》おうという気力を奪っていく。

のたうちたいほどの快感に声を上げ、身体を震わせ続けながら、いつしか理央は懇願に近いことを口走っていた。

「も……いいっ、い……いからぁ……っ……」

「だから、なんだ？」

耳に触れる声にぞくりと背筋が震える。低い声は常にないほど甘く聞こえて、それだけでも直接神経を撫でられたように感じてしまった。

理央は目を開けて、桐原の顔を見つめようとしたが、近すぎてうまく焦点があわない。だがきっと、また余裕の表情をしているのだろうと思った。

理央に余裕なんかなかった。こうしているいまだって、桐原の指がゆるゆると動いて、勝手に腰が揺れそうになっている。

そこが疼いて仕方なかった。身体が熱を溜めこんで暴走しているせいで、これ以上意地を張るのは難しく、かといっても素直にもなれない。

理央はせつなげに息を吐きだすと、潤んだ目でキッと桐原を見据えた。

「さっさと……やったら……？」

「色気のない誘い方だな」

「あんたに言われたくない……」

ぷいと横を向くと、笑う気配を感じた。

「確かにな。まぁ、そろそろ頃合いか」

「っぁ……」

ようやく指が引き抜かれ、俯《うつぶ》せになれと促される。緩慢な動作で伏して腰を上げようとすると、桐原の手がつかむようにして腰を引きあげた。

「本当に細いな。無茶したら壊れそうだ」

「そんな、わけある……かっ……」

細いというならば奎斗のほうが細いし、全体的に小作りだ。その奎斗がいまだに壊れていないんだから、理央が壊れるはずがない。

なにを言っているんだと心のなかで言い返していたら、尻をつかんで指で後腔を広げられ、反射的に息を呑んでしまった。

「は……あっ、ぁ……う……」

硬いものを押しつけられた直後、それがじりじりと入ってきた。

息を詰めそうになって、慌ててゆっくりと吐きだした。受け入れるのは初めてだが、このほうが楽なことは知っていた。

痛みは思っていたほどではない。理央にとってはむしろ広げられる感覚と異物感のほうが気になった。

心配そうなことを言っていたわりに、桐原は躊躇《ちゅうちょ》なく最後まで押し入ってきた。肺から押し出される息が、自然と声になった。

串刺しにされた気分だ。繋《つな》がっているところが焼けるように熱くて、さっきの桐原の言葉が冗談とは思えなくなってきた。

本当に壊れるのではないだろうか。口で奉仕したときの大きさを思いだして、ついそう思った。

「死に……そ……」

「まだ早いな」

くっと喉の奥で笑いながらも、その声はどこか掠れて聞こえた。それがまた官能的で、ぞくぞくするほど艶っぽかった。

「あ……ん」

腰をつかんでいる手が滑って背中を撫で上げ、思わず変な声が出てしまう。鼻にかかったいまの声は、聞いたこともない甘さを含んでいた。

「いまのも、いいな。もっと鳴けよ」

「待っ……ぁ、あっ……」

後ろから突きあげられて、制止の言葉は悲鳴に変わる。

揺さぶられ、何度も穿《うが》たれていくうち、異物感は次第に薄れ、痛みさえも愛撫にごまかされた。徐々に別の感覚へとすり替わっていくのが、はっきりとわかった。

自分勝手な口ぶりのわりに、桐原はけっして自らの快楽だけを追ったりはしない。それが少し嬉しかった。

さっきまでの疼きは快感へと変わっていて、桐原にゆっくりと穿たれるたびに、溶けていきそうに気持ちがよくなる。

唇が紡《つむ》ぎ出す声も、とっくに濡れた響きになっていた。

「あっ、いい……これ……気持ち、い……」

深く繋がったまま、なかをぐるりとかきまわされ、理央は背中をしなやかに反らした。

内側からぐずぐずに崩れ、自分というものの形がなくなってしまいそうだ。頭のなかまで溶けていきそうな気がする。

こんな快感は知らない。理央がこれまで経験したことのない気持ちよさだった。

「顔が見たい」

さんざん後ろから突かれて、なかば陶然となっていた理央の耳に、ふいにそんな声が聞こえてきた。

目を開けて肩越しに桐原を見ようとすると、桐原はいったん理央から離れ、俯せだった身体を仰向けに返した。

理央は投げだしたままの脚が抱えられるのを、ぼんやりと見つめていた。

「うんっ……」

一気にまた貫かれて、深く何度も突きあげられた。

顔を見られたくなくて腕で隠そうとすると、邪魔されてシーツに腕を押しつけられた。隠すなということらしい。

「いい顔だな」

「見る、なっ……」

横を向きかけた顔を手で正面に戻され、唇を塞がれた。さっきとは違う、やけに荒々しいキスだった。

舌先が痺れるほど長いキスのあと、身体を深く折られて深いところまで何度も突かれた。

冷静に考えたらとんでもない格好をさせられているはずなのに、いまは快楽を追うことでせいいっぱいだ。甘ったるい自分の声さえ気にならない。

角度を変えて浅いところを突きあげられ、理央は大きく身体を震わせた。

「あっ、あ……！　やめ……っ……」

制止の言葉など無視して、桐原は指でさんざんいじっていた場所を責め、理央を容赦なく追いつめる。

上げる声はもう泣き声まじりだ。逃げようとしても押さえつけられるし、そもそも身体にうまく力が入らない。

泣きたくなるほどの快感なんて初めてだった。

「あぁ……っ！」

上りつめた感覚のあと、頭の後ろで白い閃光《せんこう》が弾《はじ》けたような気がした。これまで知っていた絶頂感とはまったく違うのを理央は漠然と感じていた。

いった瞬間に締めつけたせいなのか、それからまもなく桐原が達した。

なかに出されるのがわかって、なぜか胸のうちが熱くなった。

だが桐原に抱かれたことで生じた自身の変化に、いまは気付かないふりをすることにした。

シャワーを浴びて、浴衣《ゆかた》を身に着けた理央は、少しおぼつかない足もとに眉をひそめながら、リビングのソファに身を投げだした。入れ違いに桐原がいまは風呂を使っている。

身体がだるくて仕方ない。あらぬところはまだ熱を持ち、じくじくと変な疼きを訴えているし、肌も過敏になっていて困る。なんといってもシャワーが当たっただけで、声を上げそうになったくらいだ。

「こんなはずじゃ、なかったんだけどなぁ……」

理央はこっそりと溜め息をついた。

いろいろとショックで、少しばかり現実逃避をしたい気分だった。

まんまとバックバージンを奪われたこともだし、抱かれて気持ちがよかったこともショックだ。耳を嚙まれたくらいで抵抗できないほど力が抜けるなんて、どんな身体なんだと自分に問いたくなる。なによりも、よがって喘いでいた事実がきつい。

誰の声だと思いたくなるような喘ぎ声も、初めて後ろに入れられて達してしまったことも問題だ。あれは確実に、後ろだけでいっていた。しかも、なかに出されたことが、少しもいやではなかったのだ。

「ナマってなんだよ……ゴムくらいつけろ、バカ」

理央はコンドームなしのセックスなどしたことがなかった。相手が同性異性にかかわらず、そうしてきたが、桐原は面倒なのか直接入れてきた。

しかも一度ならず、二度も三度もだ。溜まっていたのか興に乗ったのかは知らないが、桐原は理央から出ていかないままましたのだ。

おかげで意識が飛びかけた。敏感になっていた身体は、桐原のやることなすことに反応し、理央をみっともないほど乱れさせた。

桐原が技巧に長《た》けていたという意外な事実は、理央にとっては衝撃的だった。

(絶対まぐろだと思ってたのに……なんだよ、あれ。詐欺《さぎ》じゃないか。それに、まだ余裕ありそうな感じだったし……)

それこそ勝手に思いこんだ理央が悪いのだろうが、桐原が興味なさそうにしていたのは事実だ。経験だって、相手からの一方的な行為のような言い方をしていたはずだ。

ぶつぶつ文句を言っていると、風呂から上がった桐原がやってきた。しわくちゃの麻混のシャツを着ていた。

「……着るなよ、それ」

「外に行くわけじゃないからな」

「あんただったら、平気で行くね」

少なくとも近所のコンビニや大学ならば、ためらいもなくこの格好で出かけていくはずだ。桐原というのはそういう男だ。

ほかに座る場所はあるというのに、桐原はわざわざ寝そべっていた理央を起こして座り、昨夜とは逆に理央を膝枕した。

自然と眉根が寄ってしまった。

「……なんのつもり」

「ずいぶん疲れてるらしいからな」

「意味わかんないんだけど」

膝枕をしたところでこの疲労感が取れるわけがない。ただ髪を撫でる手は心地よくて、うっかり眠ってしまいそうになる。

「だいたい、あんたのせいじゃん」

「たった三回だろうが。あの程度で音《ね》を上げるとは思わなかった。俺をやる気だったらしいから、もっと元気がいいかと期待してたんだがな」

「元気とかそういうことじゃなくて！　やられるのは初めてだったんだから仕方ないでしょ。っていうか、なに？　あれで足りないの？」

「足りないな」

髪を撫でていた手が耳に触れ、びくっと身体が震えてしまう。耳朶を揉むようにして指が動いてきて、とっさに唇を嚙みしめた。

やめさせようと桐原の手をつかみ、キッと睨みあげる。

「作りものみたいな顔してるくせに、おまえは表情が豊かでおもしろい。いくときの顔も、なかなかよかったしな」

桐原はどこまでも楽しそうだった。最初は感情表現に乏しい人間だと思っていたが、慣れてくると些細《ささい》な変化にも気付けるようになり、意外と目に表情が出るタイプだということがわかってきた。

桐原にしてみれば、理央はきっと新しく手に入れたオモチャのようなものだ。興味本位にいじりまわすのが、楽しくて仕方ないらしい。

理央は溜め息をついて視線を逸らした。

「もう触るな。ほんとにそこ、だめなんだって……」

「そうみたいだな。俺が言った通りだっただろう」

「……なにが」

「おまえは抱かれるほうが向いてる身体なんだよ。やたらと感じやすいし、最初から後ろでよがってたしな」

「それは……」

向いているかはともかく、あとは正しかった。理央だってまさか最初からあんなに感じてしまうなんて思ってもいなかった。

もっともそれは桐原にも原因がありそうだが。

「ねぇ……セックスなしでいいみたいなこと言ってたのは、なんだったの？　相手が勝手にしてるみたいな言い方もしてたよね？」

「勝手に脱いで始めるのが多かったのは確かだな。だからといって、主導権まで渡してやる理由はないだろう」

「なにその変な負けず嫌い」

「相手を支配するのは楽しいぞ。こっちの動き一つで、いちいち反応するのを見るのもおもしろい。男も女も、そうは変わらないしな」

「そういえば、あんたって男抱いたことあったんだね。興味ないって言ったくせに」

さっきまでのことを冷静に振り返ってみても、男を抱くのが初めてだとは思えなかった。

むしろかなり慣れているような気がした。

「興味はないな。ただ学生の頃は、男のほうが多かったような気がする」

「ああ、そう……ほんとにいろいろ、こだわらないんだね……」

思いこみとは怖ろしいものだ。理央はこの男のどこを見て、セックスに興味がないのだと信じてしまったのだろう。この男は自ら誘ったり口説いたりはしないが、相手から来た場合は拒まないどころか、理央にしたようにこちらが音を上げるほど貪《むさぼ》りつくすのだろう。セックスなしの関係を恋人に求めたのは、きっと仕事の邪魔をされたくないからなのだ。

「脳と身体と、快感との関係っていうのは、興味深いな」

「……急になに言ってんの」

「おまえも言ってただろう。受信能力には個体差がある……ってな。セックスも同じだ。肉体が持つ元来の感度の差もあるし、メンタルな部分が作用することもある」

「は？」

「皮膚感覚と経験による感度の具合、環境とメンタルを整えること……それからパートナーとの相性か。生体送受信とセックスには共通的が多い」

「……まさか、そんなこと考えながらやってたの？」

呆《あき》れた声が出てしまったのは仕方ないことだろう。ムード以前の話だ。

「ながら……ではないな。さっき考えた」

「ふぅん」

いずれにしても、セックスまで自分の研究に結びつけたことには変わりない。やはりこの男には問題が多そうだ。

このまま本気になっても不毛だろうと思う。この男が理央に同じ気持ちを返してくれるとは思えない。だがいま彼に背を向けることはできそうもなかった。

なんだか放っておけないし、もし無関係になろうとしても気になってしまって、かえってストレスになりそうだ。それになぜか、理央は桐原といると楽しいのだ。面倒な生き物を手《て》懐《なず》けたという達成感のようなものがあるのだろう。

「不満そうだな」

「別に……って、だから触んな」

性懲《しょうこ》りもなく耳に触れてくる手をはたき落とそうとすると、腕を取られて手首の内側にキスされた。

「まだ元気はありそうだな。やめてやることもなかったか」

「ちょっ……」

浴衣越しに腰を撫でられて、ぞくりと肌が震えた。桐原の意図は明白で、容易にこのあとの展開が読めてしまう。

だがいやではなかった。それが一番の問題なのかもしれない。

「ほんとにすんの？　ここで？」

「どこだって同じだ。ほら、さっさと脚を開けよ」

「なにその言いぐさ……」

呆れて溜め息をついているうちに、浴衣の裾《すそ》が捲りあげられた。脚を開けと言った癖に、桐原は待つこともなく尻のあいだに指を入れていた。

自分を好きでもない相手と一つ屋根の下で暮らし、これからも身体の関係は続いていく可能性が高い。それはいつか理央を苦しめることになるかもしれないし、案外平気でいられるかもしれない。

先のことなんてわからなかった。だからいまは桐原を感じることを優先しようと思った。

理央がかまうようになったせいか、桐原はますます人としてだめになってきた気がしてならない。

なんでもやってあげてしまうのが悪いのはわかっていた。以前にも増して面倒くさがりになった桐原は、日常生活においてはほとんどなにもしなくなってしまったのだ。

以前はせっぱ詰まっているとき以外、人として最低限なことはやっていたようだが、いまでは理央がやらないと髪も洗わないし、風呂も入らない。なので仕方なく毎日一緒に入って世話をしてやっている。服だって放っておいたら同じものを着ようとするから毎朝用意する。

「大変ですね……」

目の前で理央の話を聞いているのは、なぜか太智《たいち》一人だけだ。外へランチを取りに出たら、たまたまキャンパスの出口で太智とばったり会ったので、近くのカフェでランチセットを奢《おご》ったのだ。奎斗と賀津《かづ》は二人で仲よく学内デートらしい。

「自分でもダメ人間を成長させちゃったな、って思ってるよ。だってひげも剃《そ》ろうとしないんだよ？　なんで僕が毎日やってやんなきゃいけないの。っていうか、毎日ひげ剃りが必要なとこがそもそもムカツクんだけど」

「理央さんもあんまりないですもんね」

「ないんだよ。なんか知らないけど、女性で言うとこの無駄毛がないの、昔から。奎斗も相当薄いけどね」

「ああ……うん。見たことないです」

「でしょ。だからね、実はひげ剃りとか下手なんだよ。電気シェーバーじゃなかったら、絶対やらなかったよ」

「なかったら、買ってでもやりそうですけど……」

控えめな太智の意見は的を射ていた。確かにその通りだと感心しつつ、冷静に我が身を省みた。

召し使いじゃないと桐原に文句を言いつつも、結局世話してしまうのだから始末に負えない。桐原が付けあがるのも無理はなかった。

そしてなにより問題なのは、あれから何度か抱かれているうちに、自分のポジションに納得し始めてしまったことだ。たった二週間で意識まで変わってしまうなんて、理央自身でも信じられなかった。

しょせんは惚《ほ》れた弱みだが、与えられる快楽に負けつつあるというのも事実だ。

(悔しいけど、気持ちいいんだよねぇ……)

抱かれることで得る快感は強く、理央がそれまで知っていたものとは種類が違っていた。余韻が長く続く、あるいは何度も絶頂を繰りかえすといったものは、味わったことがない快感だった。

「理央さん？」

「ん？　ああ……ごめんごめん。ちょっと考えごと、しててさ」

「准教授のこと、っすか？」

「桐原のことっていうよりは、桐原と僕のことかな。なんていうかね、冷静に考えちゃったら最後って感じがして、あれなんだよね……」

自然と視線が遠くなってしまうのは仕方ない。恋人でもないのに同じ家に住んで、身のまわりの世話をして、セックスまでしているなんて、一体自分たちの関係はどういった言葉で表すのが正しいのか。

深く考えることを放棄して、理央はにっこりと太智に微笑みかけた。知りたいことがあったのだが、太智が一人ならばちょうどいいと、急に思いついたのだ。

「な……なんすか……」

クリームソーダのアイスをスプーンですくっている太智に、理央は身を乗りだして小声で訊《き》いた。

「ねぇねぇ、奎斗たちってさ、週にどれくらいセックスしてる？　あと、何回くらいしてるっぽい？」

「はいぃ……っ？」

ぽとん、とアイスクリームがテーブルに落ちた。太智はまじまじと理央を見つめ、はっと息を呑んだあと、逃げるようにして目を逸らした。

「し、知らないですっ……だって俺の部屋、賀津先輩の部屋から遠いしっ……」

「でもさ、昨日したなぁ……くらいはわかるでしょ？　奎斗ってわかりやすいし」

「う……いや、まぁ確かにそうですけど……」

「で？　週何回くらい？」

「た、たぶん……週末はほぼ必ず、で……あとは、多くても二日くらいじゃないかと……」

「なんだ、意外と少ないんだね」

もっとしていると思った、と呟《つぶや》くと、太智は乾いた笑いをもらして落ちたアイスを紙おしぼりで拭いた。

ストローでアイスコーヒーをかきまぜると、からからと涼しい音が鳴った。

思っていたよりも少ない、というのが正直な感想だった。賀津はまだ二十代前半で、奎斗に至っては十代だ。もしかしたら奎斗の体力を考慮してのことかもしれないが、理央たちのほうが多いというのはどうなのだろうか。

(二週間のうちで、やらなかったのって……えーと週明けの月曜と、金曜日と……あと、次の水と木と……って、四日だけか……)

理央は頭のなかで指を折って数え、小さく溜め息をついた。おまけに週末ともなれば、なにかのチャレンジかと思うほどに桐原はやめようとしないのだ。それこそ理央が失神でもしない限り――。

理央はいままで自分が淡白だと思ったことはなかった。まぁ普通だろうと認識していた。だが桐原を見ていたら、自分の性欲は薄かったのだと思わざるを得ない。

少なくとも理央は相手を失神させたり、立ち上がれなくさせたことはなかった。

「……奎斗が激しくされすぎちゃって、起きてこなかったこととかあった？」

「もう勘弁してくださいよう……」

「ふーん、あったんだ。なかったら、さらっとないって言えばすむことだもんね」

「理央さぁん」

「まぁでも、奎斗はまだ僕より趣味いいよね」

ぽつりと呟くと、奎斗は目の前で太智は固まった。それから探るようにして、じいっと理央の顔を見つめた。

「えーと……？　いまのって、突っこんでいいとこですか？」

「別にいいよ」

「なんか……この流れで考えると……あれですか？　理央さんと准教授って、そういう関係になっちゃってます？」

恐る恐るといった調子の確認だった。

「そういう関係っていうのが、恋愛の意味だったら違うよ。けど、セックスはしてる。セフレともちょっと違うけどね」

テーブルに肘《ひじ》を突いて顔を載せ、にっこりと笑って言ってやると、太智はなにかを言いかけて口を開いたまま固まり、数秒後にがっくりと下を向いた。

「そんなきれいな顔で言うことじゃないっすよ……」

「あはは。ごめんねぇ、でもほら、気付いちゃったものは、はっきりさせたいでしょ？　あ、奎斗には内緒ね」

「なんで俺に言うんですかぁ……っ」

「えーだって、奎斗には言いたくないし、うちの学生は一人がちょっと繊細だから、こんなこと話したら半泣きになりそうだし。もう一人は別にいいんだけど、なかなかその子だけにならないんだよね」

だから一人でいる太智に会ったことは、理央にとってとても都合がよかった。太智は友人ほど近くないが、信用はおける。この距離感がちょうどいいのだ。

「理央さんってバイだったんですか。奎斗って、知らないですよね？」

「うん。別に言ってもいいんだけどね、賀津クンに警戒されちゃうと面倒だからなぁ」

「あれ？　理央さんって……」

「ん？」

「奎斗と同じ……ですよね？　その……役割的な意味で」

「ああ……突っこまれるほうか、突っこむほうかって話？　どっちもだよ。いまは桐原が譲らないから、やられちゃってるけど」

なんでもないことのように笑いながら言いつつも、この先はどうなんだろうかと考えてしまう自分がいた。抱かれることの心地よさを知ってしまった理央は、今後抱く立場で満足できるのだろうか。いやそもそも、理央を抱きたいなどというもの好きな男が、桐原以外にいるのかという問題もある。

「そ、そうなんだ……いろいろ選択の幅が広くて……いいっすよね……」

「目が泳いでるよ。無理しなくていいって。太智くんって、いい子だよね。これからも奎斗と仲よくしてね？」

「もちろんっす……！」

力強く頷《うなず》いた太智に微笑《ほほえ》みかけ、理央は伝票を手に取った。太智のクリームソーダはまだ残っているので、もう少し時間はかかるだろう。

「じゃ、僕は行くけど、ゆっくりしてて。またね」

「あ、はい。ごちそうさまでした」

太智と別れて大学へ戻り、理央は事務局へと顔を出した。週なかばにある学会のことで用があったからだ。今回は理央も同行することになっていた。いままでは学生である二人が助手を務めていたらしい。不思議なことに、桐原研究室にはどの年も二人は学生がいるのだぞうだ。いまの二人が入る前にも二人いたらしい。

確認をすませて研究室へ帰ると、井田《いだ》が桐原のデスク脇に立ってなにか小さいものを見ながら話していたが、すぐに頷いて作業に戻っていった。能城《のしろ》は金属の加工をしていて、そこに合流する形だ。

「ただいま」

「遅い。このあいだの被験者のデータは」

「いま出すよ」

桐原の文句は軽く流し、理央はまとめたデータを桐原のパソコンに出した。

先日、ここにいる四人と、桐原の講義を取っている学生たちを中心に、五十数名に協力してもらった実験の結果だ。全員が送り手と受け手の両方をやり、時間が許す限りの組み合わせで通信を試みたものだった。

二人一組で行われ、変換装置でもあるシートを貼《は》りつけたメガネを着用する。そして送り手が、数字の書かれたカードをランダムに選び、出た数字を映像として送信する。それを受け手が正確に受けられるかというものだった。本来はマイクを使用して音声でやりたい実験なのだが、現段階では接触でしか確実な送受信ができないので、映像にしたのだ。当然の話だが、近すぎて直接聞こえてしまうからだ。

実験の目的は感度の個人差や、組み合わせによる数字の違いを調べることにあった。

何日にもわたって実験は行われ、時刻や天候、温度に湿度といったものも、こと細かに記載してある。厳密に同じ条件で実験を行うことは不可能なのが難しいところだ。なにより人間なので、その日によって、あるいは時間帯によって、体調が一定しないという問題もある。空腹かそうじゃないかでも、いろいろと変わってくるくらいなのだ。

「一部抜けてるな」

「あー、うん。一部の学生の、体重がね」

データの提供には全員が了承を示したわけではなかった。特に女性陣は、身長はともかく体重を出すことを渋る者がおり、なかには過少申告しようとした者までいた。間違ったデータが入るくらいなら、提供しないでくれと言ったところ、女子学生のうちの何人かが体重の提出を拒んだ。ほかにも誕生日や血液型、そのときに着ていた服の材質、歯科治療の補綴《ほてつ》なども含めて身体に金属が入っているか、冬場に静電気などで反応が起きやすいかなど、いろいろなデータが提供されている。

「いろいろ面倒だよね。金属同士の干渉っていう可能性も否定できないし」

「どんな条件下でも質のいい通信ができないと、意味ないんだよ。競合とかそういうのは、もっと通信自体が確実になってからだな。とりあえずいまのところは、受信感度の増幅が重要だ。そのためには、おまえの協力が必要不可欠だな」

桐原がそう言うにはわけがあった。理央の受信者としての精度がきわめて高かったからだ。

どの送信者が相手でも、精度が落ちるということはなかった。そして送信者が桐原だと、さらに精度は高かった。

「それって、とりあえず有効な媒体を見つけようって感じ？　でもさ、媒体と個人にだって相性みたいなものはあるんじゃないの？」

「あるかもしれないが、それは有効な媒体が見つかってからでいい。それに、精度が訓練で上がる可能性も、確かめないとな」

「ふーん……まぁ、いいけど……」

「このデータを見る限り、体型は関係なさそうだな。皮膚の表面積の差は、まずないといっていい。色素の薄さも影響してないようだな」

実験を受けたなかには、理央と同じく欧米人とのハーフだという男子学生もいたが、彼の数値が特別高いわけではなかった。頼み込んで引っ張ってきたフランスからの留学生も参加しているが、こちらも結果はやや高いという程度だった。

「僕の印象だと、皮膚の薄そうな子が受信感度もよかった気がするな。あんたは嫌いだっていうけど、子供は数値高いんじゃない？」

「子供か……」

「難色示す親が多そうな気がするけどね。得体の知れない電磁波を子供に浴びせるな、とか言われそうな気がするし」

「電磁波って言っても、人間が出すもんだぞ。携帯電話や家電とは比べものにならない弱さだろうが」

「そうなんだけどねぇ……そういう人って、一度否定的な考え持っちゃうと、もう誰がなに言っても聞かないんだよね。科学的根拠を示しても、絶対なんてないって言われちゃうし、ひどい場合はねつ造扱いされちゃうしね。向こうでもあったよ」

つい遠い目をしてしまったのは、留学中のトラブルを思いだしたからだ。学生の母親が怒鳴り込んできて実験にクレームを付け、挙げ句に我が子に電磁波を浴びせたからと、傷害罪で訴えるとまで言いだしたのだ。理央は院生だったから、同じく被害者だと見なされ、一緒に訴えないかと親にわけのわからない説得をされてしまった。ほかにも学生は大勢いたのだが、留学生だったせいか目立ったらしい。その気はないと断ると、無知だの危機感がないだのと理不尽に責められた。親が一人で騒いでいただけで、当の息子は泣きそうな顔で小さくなっていた。

搔《か》い摘《つま》んでそれを説明すると、桐原は忌々《いまいま》しげな顔をして舌を打った。いつの間にか井田も能城も手を止め、こちらを見ていた。

「それって、訴訟まで行ったんですか？」

「父親が出てきて止めたけど、学生は居づらくなっちゃったんだか、転学してったよ。あれは子供が可哀想だったな」

「だから実験のとき、さんざん説明してたんですね」

「そう。日本でもああいうことは充分起こりうるからね」

事前の説明で、理央はあえて身近な家電を引きあいに出し、安全性をアピールした。そもそも桐原が言っていたように、機械を使わず人体が自然に発しているものを送るだけなので、本当に危険はないのだ。むしろ危険がないほど弱いから、通信として難しく、実用化までの道のりが長いのだが。

「ああ、ごめん。話が逸れた。あと僕が気付いたのは、女の子たちのほうが精度高かった気がするんだよね。もちろん全員じゃないんだけど」

「だがそれほど大きな差じゃないな。繊維の差も、微妙か」

「もしかしたら、化学繊維のほうがいいかも……って程度。誤差の範囲内だね。静電気体質って答えた子たちは、精度が高い場合が多いよ」

「おまえもそうか？」

「僕はそうでもないんだよね。だから静電気体質は、関係ないかもしれない」

結局のところ、よくわからないのだ。なにしろこの実験は初めてのことで、まだデータが少なすぎるからだ。例の装置がシート状になる前のものならば、いくつかあるのだが、それでは機械による送受信能力が高すぎて、実験の意味をあまりなさなかったらしい。

桐原は思案顔でパソコンのディスプレイを眺め、やがてぎしりと音を立てて椅子《いす》の背もたれに身体を預けた。

「思うんだが……セックスのときの感度に比例する……とは考えられないか？」

「……なに言いだしてんの、あんた……」

先日もそんなことを言っていたが、あのときはあくまで「似ている」という話だった。いまは違う。性的な意味合いでの感度が、そのまま通信での感度になるのでは……と言っているのだ。

「おかしなことじゃないだろう。快感も一つの信号だ。性感にも体質による差はあるが、経験によって向上もする。訓練で数値が上がる可能性は、おまえが言いだしたことだろうが」

「そうだけど……」

「おまえがここまでの結果を出してるんだぞ。性的な感度との関係を、確認してみてもいいんじゃないかと思うがな」

「あのねぇ……」

「あれはどうなんだろうな。おまえの幼なじみ」

「は？」

どうしてここで奎斗が出てくるのかと、理央は眉をひそめた。そしてすぐに言わんとしていることを察してしまい、険しい表情になってしまった。

「変な理由で、あの子を引っぱり出さないでくれる？」

「どこが変だ。あれの相手も男だろ？　長身の目立つ男と一緒にいるのを何度か見かけたことがある。今度、セックスでの感度について訊いて、よさそうだったら実験に参加させろ」

「お断り」

ぴしゃりと言い放ってから、理央は二人の学生たちを振り返った。固唾《かたず》を呑んで見守っていたらしい二人は、びくんと肩を揺らした。

学生たちに罪はないが、釘《くぎ》は刺しておかねばならない。理央のことはいいが、奎斗の恋人が同性であることは、口外されては困るのだ。桐原は奎斗の名を出さなかったが、学内にいる以上、二人にいつ奎斗の名前と顔を把握されるかわかったものではない。

理央はにっこりと笑みを浮かべた。

「いまのは、ここだけの話にしてね」

「は、はい」

井田は上ずった声で返事をし、その隣で能城は無言で何度も頷いた。

理央を取り巻く空気は張りつめている。それを感じとって学生たちは緊張しているが、桐原はまったく気にしていなかった。

「能城」

「は、はい！」

「適当に学内うろついて、セックスが好きそうな女を探してこい。今度の実験に参加させたいからな」

能城は返事もできずに固まっていたが、桐原はどうでもよさげにパソコンのディスプレイを眺めている。返事などは聞く気もないらしい。了承が当然といった態度だった。

理央は黙って桐原の横顔を見つめた。

いろいろと言いたいことはあるが、学生たちに余計なストレスを与えるのは本意じゃないから、いまは口を噤《つぐ》むことにした。

それからなんとか数時間を過ごし、夕方になって学生たちが帰っていくと、理央は桐原に詰め寄った。

「どういうつもり？」

桐原は学生たちが作った金属の加工品を手にして、矯《た》めつ眇《すが》めつ眺めているところだった。特に満足そうな様子はなく、あくまで淡々としていた。

「あの子たちの前で、あんなこと言うなんてどうかしてるよ」

「なにが問題だ？」

桐原は心底不可解だという顔をした。空とぼけているわけでも、理央を揶揄しようというわけでもない。本当にわかっていないのだ。

この男にとっては、同性との関係など他人に知られてもかまわないことなのだろう。そもそも他人からどう思われても微塵も気にしない人間だ。

理央は溜め息をついた。文句を言う気も失《う》せてしまった。

「僕たちのことも、気付いたかもしれないよ？」

井田は特に変わらなかったが、能城は何度かもの言いたげな様子で理央を見た。おそらく桐原の言動から、ある程度のことには気付いたのだろう。

「不都合でもあるのか？」

「……ないけど」

「だったらつべこべ言うな。それより、これを着けてみろ」

渡された加工品は、現段階で最も効果が認められる有機金属化合物を、イヤーカフスとリングの形にしたものだ。そこに変換装置となるシートを貼りつけてある。アクセサリーとしては到底成り立たない形だが、実験用なので問題はなかった。

「いまから実験？　でもこれ、こないだ持ってやったよ？」

「だからこの形にしたんだろうが。おまえは耳が特に弱いからな」

「……ふーん」

釈然としないものを抱えながらも理央がイヤーカフスを着けると、桐原もリングを嵌《は》めた。嵌まる指を探して、右手の中指がちょうどよかったようだ。

「こういうのは鬱陶《うっとう》しいな」

「慣れだよ、慣れ。僕だって普段こういうのしないから、違和感がすごいよ」

だが実験のためならば仕方ない。ほかにもドッグタグのようなタイプやバングルが用意されていたが、理央は耳に着けることが求められているのだ。

理央は耳を気にして、顔をしかめながら何度も手でカフスを触っていた。

数字の書かれたカードを手にした桐原が、急にそれらを放りだしたのは、理央が溜め息をついた直後だった。

「なに？」

「いや……別の方法を試そうかと」

桐原はドアに鍵をかけると、意味ありげに笑って理央を振り返った。

「なんかもう……いやな予感しかしないんだけど……」

「だろうな」

近づいてくる桐原から逃げることはしなかった。正直なところ気は乗らないが、拒んでも無駄なことくらいわかっていた。ここは大学なんだぞと言ったところで、聞き入れるはずもない。

「で？　これ着けてセックスして、なにを知ろうっての？」

「お前の感度が一番高まってるときに、どんな情報が伝わるのかに興味がある。しっかり覚えておけよ。アンアンよがってばかりいないで、な」

「こんなとこで変な声なんか出せるか」

いくら人気《ひとけ》がないといっても、この棟が無人になることはまずない。突きあたりだから用事がなければ誰も来ないだろうし、そもそもここに用事がある者など滅多にいない。かといって可能性がゼロとは言いきれないのだ。

カフスをしているほうの耳を嚙まれて、びくりと身が竦《すく》む。リングの嵌まった指が、室内にあったワセリンを掬《すく》って理央のなかに入ってくるのは、それからすぐのことだった。

桐原の目に欲情の色はなく、あるのは好奇心というものだけだ。

虚《むな》しさがないといったら噓《うそ》になった。それでも喜んでしまう身体を必死に宥《なだ》め、理央は桐原の気がすむまで快感を与えられ続けた。

質疑応答をこなす桐原を、理央は舞台袖《ぶたいそで》でじっと見つめていた。

スーツを身に着け、髪もきれいに整えた桐原は、堂々とした立ち居振る舞いもあって、目を奪われるほどの美丈夫《びじょうふ》っぷりを披露している。もちろん髪は理央が整えてやったものだし、ネクタイだって締めてやった。

会場となっているホテルの小ホールには、予想していたよりも人が大勢いた。妙に女性が多いのは、桐原の容姿のせいではないだろうか。

(別人だよ、あれ……)

見た目もさることながら、言葉遣いすら普段とは違う。現地入りしてからは、気持ち悪いほど丁寧《ていねい》な言葉で応対しているのだ。

やろうと思えばできたらしい。オンとオフの切り替えの激しさに溜め息が出そうだった。

持ち時間はあと一分を切っている。いまは三人目の質問者に対して答えているところで、おそらくこれが最後の質問になるだろう。

普段の傍若無人さはなりを潜めているが、威圧感はそのままだ。ただし振る舞いが真っ当なので、迫力がある……という印象になっていた。

ぼんやりとしていた理央は、桐原が壇から下りて歩いてくるのを見て、はっと我に返った。

桐原は最後の発表者だったので、場内では次々と聴衆が席を立ち、外へ出始めていた。あちこちで談笑する姿も見られた。

「……お疲れさまでした」

助手の立場を貫いて声をかけると、桐原は軽く頷いただけで、予定の場所へと移動していく。これから各自決められた場所で待機し、しばらくのあいだポスターディスカッションが行われるのだ。研究内容を一枚の大きな紙にまとめ、それを展示して、発表者が質問に応じるという時間だ。

「面倒くさい……」

理央にしか聞こえないような声で呟き、桐原はパネルの前に立った。貼ったポスターは理央と学生二人で必死で作ったものだ。

（あー……いやになるくらい目立つ……）

理央は自分が人目を引くことを知っているし、桐原と一緒にいると、相乗効果が生じることも知っていた。この会場のなかで自分たちが浮いているのも承知していた。傍《はた》から見たら、とても学会に参加しているようには見えないだろう。理央は念のために地味めのスーツにしてみたが、あまり効果は感じられなかった。

桐原が立って間もなく、待っていたように数人が近づいてきた。

「受信装置についてなんですが、着ける場所での差はあるんでしょうか？」

「それも人によります。より鋭敏な場所が望ましいのは確かですが、指だったり耳だったり、本当にそれぞれですね。すでに実験は始めていますが、まだ被験者の数が足りないので、これから実験を重ねてサンプルを増やしていきます」

「受信者の感受性の差とか相性とか……かなり不確定要素が大きいですよね」

「現段階ではそうです。視力などの矯正のように、個人の状態にあわせて増幅度を設定できるようになればと思ってますが」

「でも現状では、通信手段としてより医療目的などにしたほうが有効じゃないですか？　声にしなくてもある程度の情報が伝えられるわけですし」

実際にそういった声は大きいらしい。桐原の意図したところ以外で、彼の研究は注目されているのだ。この学会に来て、理央は初めてそれを知った。ゆえに聴衆には医療や福祉の関係者が多いという。

話しているあいだにも人は増え、女性の姿も多く見られるようになった。彼女たちは一様に口は開くことなく、近からず遠からずの位置からじっとこちらを見つめていた。桐原もだが、理央もかなり見られている。

十数人の人垣のなかに、ひときわ背の高い男が見えた。ふと目があうと、男は柔らかい笑みを浮かべた。

年は四十歳前後といったところだろうか。特別ハンサムというわけではないが、清潔感があって誠実そうで、身長が高いこともあってか、充分にいい男の部類に入る。品もよさそうだった。

目があってしまったので無視するわけにもいかず、目礼だけ返して桐原と質問者のやりとりに意識を戻した。

いつの間にかかなり踏みこんだ話になっていた。

「感受性の高いタイプには、なにか特徴あるんでしょうか？　たとえば子供は？」

「被験者の確保がまだできていませんが、可能性は高いと思われます。皮膚が薄いタイプが、いい結果を出すというデータも出ていますしね。それから芸術家やスポーツ選手のように、なにか特別な感覚が抜きん出ているタイプにも、通信状態がいいケースが多い。ですが、いずれも微々たる差です」

「先ほどの発表で、媒体となる物質の比較をしていましたが、あれはどのように？」

「現段階で顕著な結果を出している者が一人だけいるので、その者が身に着けて比較をしました」

「その被験者は、どのようなタイプなんですか」

理央は落ち着かず、視線を落とした。目の前で自分のことが話しあわれているというのは、なんとも居心地が悪かった。たとえそれが被験者Aとしてであってもだ。

そんな憂鬱《ゆううつ》な気分を汲《く》んでくれるはずもなく、話はどんどん望まない方向へと流れていってしまう。

「ある意味では、最初のタイプに近いですね。皮膚も薄い。ただし、単純な皮膚感覚ではなく、性的な快感を得やすいという意味で感受性が高いんです」

「せ、性的……」

「ええ。装置を着ける場所というのも、本人の性感帯が効果的でした。送受信の感度だけで考えれば性器に着けるのが効果的かもしれませんが、現実的ではありませんね。粘膜では問題がある。それに変換装置として考えるなら、脳に近いほうがいいでしょう。耳や首筋、あるいは指に着けて頭部に近いところまで持っていく……という方法もあります」

桐原の口調は淡々としているし、表情も真面目なままなのだが、聞かされた者の一部は動揺していた。なかには頰《ほお》を染めている女性もいる。おそらくいろいろと想像してしまったのだろう。

盛り上がるディスカッションを聞き流しながら、理央は歯嚙みをしたい心境だった。思いだすだけでも腹が立った。

（ドッグタグ入れてくるとか、マジふざけんなっての）

粘膜云々《うんぬん》と言っていたのは、実際にやった上での発言だ。桐原は本当に思いつく限りのことを理央で試した。理央の内部に入れた装置で、最も弱い場所を刺激されたときは、情報が雪崩《なだ》れこむようにして入ってきてパニックになりかけた。それに耐えられなかったのか、感電したかのような激しい快感に耐えられなかったのかは不明だが、直後に理央は意識が飛んでしまった。おかげでなんとかことなきを得たのだが、理央の脳裏には桐原から押しつけられた視覚情報が、いやというほど焼きついている。

桐原が見ていたもの――つまりは責められて激しく乱れる理央の姿だった。

げんなりとしてしまう。誰が自分の痴態など見たいものか。幸いだったのは視覚的、あるいは聴覚的な情報が強すぎて、桐原自身の心の声や意思などがわからなかったことだ。

(マッドサイエンティストめ……)

果たして趣味でああいった行為をするのと、実験のために淡々とやるのと、どちらがマシなのだろうか。

視線が自然と遠くなってしまった。

こっそりと溜め息をついて顔を上げると、まだ続いていた話しあいが耳に入ってきた。

「その……相性というのも、性的なものと関係が……？」

「そこはまだ不明瞭ですが可能性は高いですね。さすがにセックスでの相性を確かめさせるわけにもいきませんので」

「ま、まぁそうですよね……」

あっさりと涼しい顔で言い放つ桐原に呆れつつ、少しほっとしていた。少なくとも理央に向かって、不特定多数の相手に抱かれろとまでは言わないわけだ。

理央は心のなかではあれこれと考えつつも、被験者が自分であることを悟られないよう、なるべく変化は見せないようにしていた。

（なんか……虚しくなってきたなぁ……）

いまならば、かつて桐原の相手だった人たちの気持ちがわかる気がした。性格に難ありだが、見た目は極上だし金はあるし、セックスだってうまい。だが桐原曰《いわ》くの、勝手に寄ってきて、やがて去っていったという過去の相手は、彼の言動に打ちのめされ、虚しくなって、背を向けたのではないだろうか。

彼女たち――あるいは彼らと、理央はまったく同じ道を歩いている気がする。

もともと理央と桐原は恋愛関係にあったわけではないし、上司と部下だったり家主と居《い》候《そうろう》だったりと、立場的に明確な差がある。だがセックスに対しては、対等な関係だとは思ってきた。理央は気持ちよくさせてもらい、桐原は性欲を満たすことができていた、と。

だがそれはもう崩れてしまった。いまや自分たちのセックスは実験なのだから。

目を伏せてポスターディスカッションが終わるのを待ち、理央は桐原に連れられて食事に行った。面倒だからとホテル内のレストランにしたが、店内は学会の関係者ばかりで正直、辟易《へきえき》した。桐原は面倒がってスーツのままだが、理央は一度部屋で楽な服に替えていた。

「ちょっと行ってくる」

食事のあと、桐原はそう言ってどこかへ出かけてしまった。別の大学にいる知人と会うことになっているらしい。おそらく情報の交換といった目的があるのだろう。

疲れていた理央は、部屋に戻って寝てしまおうと、宿泊しているフロアでエレベーターを降りた。

「あ……」

小さな声に意識と視線を向けると、エレベーターを待っていたらしい男が理央をじっと見つめていた。

ポスターディスカッションの最中に目があった男だった。

男はエレベーターには乗らず、ドアが閉まるのをよそに、柔らかな笑みを浮かべて話しかけてきた。

「桐原ラボの助手の方、ですよね？」

「そうですが……」

相手が誰なのか、理央は知らない。だが会場にいたからには、どこかの大学や研究機関の関係者である可能性は否定できず、自《おの》ずと対応も慎重になった。自分の研究室に不利益になるようなことはあってはならないからだ。

「突然申しわけありません。宇津井《うつい》と申します」

渡された名刺によると、都内にある大学病院の内科医で、宇津井滋《しげる》という名前らしい。

目の前に立たれてわかったが、この男もまた理央よりも背が高かった。だいたい桐原と同じくらいだろう。

「名刺がないので、お返しできなくてすみません。桐原研究室に籍を置く講師で、佐條《さじょう》理央と申します」

「佐條理央さん……きれいなお名前だ。もちろん、あなた自身もですが」

「あ……ありがとう、ございます……」

相手の目的を察して理央は戸惑った。てっきり桐原の研究に興味があるのかと思っていたが、あるのは理央に対してらしい。宇津井の目といい、発する雰囲気といい言葉といい、どう考えても口説く気満々だ。

ディスカッション中に目があったのは偶然ではなかったのだ。あのときから宇津井は理央に興味を抱いていたのだろう。

「お食事はもう取られたんですか？」

「はい」

「でしたら飲みに行きませんか？　このあたりは地元なので、いいところを知っているんですよ」

熱っぽい視線なのに、不快には感じなかった。年齢による落ち着きのせいか、元来の性格のためか、ギラギラとした欲の気配がないのだ。

それでも頷く気にはなれなかった。

「せっかく誘っていただいたのに申しわけないんですが、ちょっと疲れていて……」

「体調が悪いんですか？」

「い、いえ、そういうわけじゃないんですけど」

宇津井が医者だったことを思いだし、慌てて否定した。実際どこも悪くない。誘われたことに嫌悪感があるわけでもない。ただ初対面の相手と飲む気になれなかったのと、言葉通り疲れているのが理由だ。

「ゆっくり休まれてくださいね。残念ですけど、今日は諦《あきら》めます。またしつこくお誘いするかもしれませんが、そのときはぜひ」

「……はい」

宇津井は理央に微笑みかけてから、エレベーターのボタンを押し、理央が頭を下げて歩きだすのと同時くらいに箱に乗りこんでいった。

引き際が鮮やかだ。ぐだぐだといつまでも絡んでこないところは好感が持てたし、次回を匂わせることで軽い気持ちでないことをアピールしてきた。

部屋に戻った理央は、ツインベッドの片方に身体を投げだし、ほうと溜め息をついた。

「なんか……ああいうのって新鮮……」

なにしろ桐原はあの通りの男だ。口説く以前の問題だし、留学中に理央に声をかけてきた男といえば、あからさまに身体の関係が目的で、飢えた猛獣のような目をしていたものだ。

宇津井のおかげで、少し気分が浮上した。桐原のせいでいろいろと自信を失いかけていたが、まだ捨てたもんじゃないと思うことにした。

ベッドに突っ伏したままあれこれ考えているうちに、理央はいつの間にか眠ってしまった。

目が覚めたのは、それから何時間もたってからだった。遠くでドアが開く音がし、人が入ってくる気配がした。

意識が急速に浮上して目を開けると、桐原が脱いだジャケットを無造作に椅子の背にかけているところだった。

「……おかえり」

「ああ」

返ってきたのは不機嫌そうな声だった。どこか上の空といったほうがいいかもしれない。

ネクタイも同じように放《ほう》りだすのを見て、理央はやれやれと身体を起こした。どうせ脱ぐならクローゼットの前でやれば、ついでにハンガーにかけられるのに、この男はそれすらしようとしない。

ジャケットとネクタイを拾い、桐原の横をすり抜けようとして、理央は眉をひそめた。

ふわりと鼻腔をくすぐったのは、甘く人工的な香りだった。もちろん食事のときまでは、まとっていなかった香りだ。

ムカムカして、ジャケットをかけたハンガーを戻すしぐさも乱暴になってしまう。金属同士がガチャンと耳障りな音を立てた。

言いたいことはいろいろある。だが理央の立場では言えることなど少ししかない。だって桐原は恋人じゃないのだ。

荒れそうになる心を抑え、理央は口を開いた。

「一応確認なんだけど、この移り香の理由って？」

「女とホテルに行った」

ためらいもなく答えを返されて、頭を殴られたような衝撃に見舞われる。こんなことを平然と言うなんて、本当に桐原にとっては自分は実験対象でしかないのだ。

理央は大きく息を吸い、気持ちを落ち着かせた。そうして動揺をごまかすために、ことさら呆れたように言った。

「あんたさ、学会で来てるってのに、なにやってんだよ。下手な真似して、ただでさえよくない評判が下がったらどーすんの」

いくら最低限の身だしなみと礼儀で学会に臨んだとしても、普段の言動がまったく学外にもれないなどありえない。一部の研究者から桐原が敬遠されているのは事実だし、問い合わせした際などの対応の悪さは有名だと聞いている。桐原自身は自らの評判など気にしないのだろうが。

「おまえが心配するようなことじゃない。口の堅い女だからな」

「ふーん、知りあいなんだ」

「それなりに感度のいい女だからな。確認しようと思ったんだが……」

ころりとテーブルの上に転がったのは、ドッグタグとイヤーカフスタイプの装置だ。桐原の指には、夕食時までなかったリングが嵌められている。

難しい顔でそれらを見ているのは、結果が芳《かんば》しくなかったせいだろう。セックスでの感度や相性が通信状態の質に比例するという仮説が崩れつつあるのかもしれない。

いまの理央には、どうでもよかったけれども。

「……シャワー浴びてくれれば？」

追い立てるようにしてバスルームへ促し、頃合いを見てズボンを回収してクローゼットに収めた。

サービスなのか、クローゼット内に衣類に使える消臭剤が入っていたので、遠慮なくスーツにかけてやった。

桐原が出たら理央もシャワーを浴び、今度こそちゃんと眠ろう。

時計を見たら十二時で、軽く三時間は眠った計算になる。思っていたよりも疲れていたのかもしれない。

シャワーの音が止まり、しばらくして桐原が出てきた。腰にバスタオルを巻いただけの格好で、髪も濡れたままだ。相変わらずのいい身体で、いやになる。

理央が浴衣を手に立ちあがると、桐原に行く手を阻まれた。

「……なに？」

「やらせろ」

「お断り」

ムッとして即座に避《よ》けたら、有無を言わさず乱暴にベッドに押し倒された。身体が軽く弾むほどの勢いだった。

いきなりジーンズを脱がそうとしている桐原に、ますます理央は不機嫌になった。ムードもへったくれもないのはいつものことだが、それにしても無神経すぎやしないだろうか。いくらシャワーを浴びたとはいえ、女とセックスしたすぐあとで今度は理央としようだなんて、デリカシーの欠片《かけら》もない。

自然と声は低いものになった。

「拒否したんだけど、聞こえなかったの？」

「聞こえなかったな」

「ふーん。あ、そう。じゃあ、身体でわからせてあげる……っ」

脱がされかけているが両手は自由だから、利き手を握りこんで桐原の腹部に向かって思いきり打ちこんだ。ほとんど予備動作はなかったが、効果的な殴り方は心得ている。昔取った杵柄《きねづか》というやつだ。

「っ……！」

息を詰めて顔を歪《ゆが》め、桐原は崩れ落ちた。わかっていたことだから、理央はさっと避けて、そのままベッドから下りた。

学会中だし、顔は避けてやった。もう一つの取り柄である頭も当然避けた。殴るのが腹になったのは自然なことだった。羨ましいほどしっかり腹筋がついているから、いくら無防備な状態でも大ごとにはならないだろう。

もっともすぐ動けないほどには、苦しそうだが。

「ごめんねぇ。でも、正当防衛だから。だってほら、僕いやだって言ったしね。強引にするのは、レイプってことだもんね？」

にっこりと笑って理央はテーブルの上に置いてあった財布と携帯電話をつかんだ。そのとき少し当たってしまい、実験に必要なリングが床に落ちたが、多少の衝撃では壊れないので問題ない。すぐに拾って、ほかの装置と纏めて使っていないガラス製灰皿のなかに入れておいた。

理央は桐原を一度も見ることなく部屋を出た。

(単純な力比べじゃ負けるけど、ケンカじゃ負けないからね……。あ、そういえばテーブルに装置置きっぱなしだったけど……忘れてたのかな)

理央を抱こうとしていたくせに、肝心の装置は遠いところに置いたままだった。珍しいこともあるものだと思ったが、特に気にすることでもないだろう。

勢いで出てきてしまった理央は、どうしたものかと考え、まずはエレベーターで一階まで下りた。

（適当にふらふらするかなぁ……）

土地勘はないが、知らない街を当て所《ど》もなく散策するのも悪くない。幸いにして、このあたりはそう治安も悪くないはずだ。

日付が変わっても、ホテルのロビーにはちらほらと人の姿が見えたし、外も車通りがあるようだ。

ホテルのエントランスを出たところで、理央はこちらに向かって歩いてくる、見覚えのある姿を見つけた。

宇津井だった。どこかで飲み終えて戻ってきたところなのだろう。向こうも理央に気付いて驚いた顔をしていた。

「どうかなさったんですか……？」

「あ……はい、まぁ。ひと眠りして、なんとなく……」

先ほど断った手前、なんともバツが悪い。だが宇津井は気にした様子もなく、穏やかにそうですか、と頷いた。

「しつこいと思われるでしょうが……もしお約束がないのでしたら、少し付きあっていただけませんか？　わたしでよかったら、話を聞きますよ」

「え？」

「なにかあったんでしょう？　まるで傷ついたようなお顔をされていますよ」

いたわるように理央を見る目に、ささくれ立っていた気持ちが落ち着いていくのがわかった。傷ついたなんて思ってはいないが、やるせない気分であることは確かだった。

一人でいるよりは誰かと一緒のほうがいいと、冷静に思う。いまは自分をコントロールしきれる自信がないから、もし外で妙な連中に絡まれでもしたら、きっとケンカになってしまうだろう。

理央は苦笑して、溜め息をついた。

「一つ訊いてもいいですか」

「なんでも」

「宇津井さんは、僕になにを求めてます？　下心なしの親切だとは思ってませんけど。っていうか、そんなのかえって気持ち悪いし」

「はっきり言うんですね」

返ってきたのは、くすくすという楽しげな笑い声だった。理央の言動に不快感は覚えていないようだ。桐原のようにおもしろがっている感じではなく、単純に好意的に受けとめてくれたらしい。

「最初にはっきりさせといたほうがいいかと思って。腹の探りあいとか駆け引きとか、する気分じゃないし」

「なるほど……うん、もちろん下心はありますよ。一目惚れでしたからね。いや、ちょっと違うかな。会場で見かけて目が離せなくなって……エレベーターホールで話しかけたときに、年甲斐《としがい》もなく胸がときめきました。ついでに言いますとね、ここで会ったのは運命じゃないか、なんて思ったりもしてます」

冗談めかしてはいるが、言っていることは結構恥ずかしい。理央だったら絶対にこんなことは言えないだろう。桐原はそもそも言うタイプでもない。

「簡単には寝ないですよ？　僕は好きな相手としかセックスしませんから」

たとえ両思いでなくても、自分の気持ちがどこにあるかだけは譲れなかった。傍から見れば、恋人でもない相手と肉体関係を結んでいるということになるのだろうが。

「それを聞いて安心しました。誰とでも簡単に寝る人は、好きじゃないんです。わたしは最初に心が欲しいと思うタイプなんですよ」

宇津井はほっとしたように微笑んで、眩《まぶ》しそうに理央を見つめた。そんなふうに見られるのは気恥ずかしくて、逃げるようにして視線を手もとに落とした。

「行きましょうか」

「あ、はい」

連れだって夜の町へと繰り出し、宇津井がよく行くというバーに落ち着いた。ホテルから歩いて五分ほどの、わかりにくい場所にあった。ちなみにさっきまで飲んでいたのは別の店だという。

ここまで来るあいだに互いのことを簡単に教えあった。宇津井は四十歳で、離婚歴があるそうだ。まだ学生の頃に結婚したが、妻との性生活に対して少しずつ違和感を覚え、三十を過ぎた頃にゲイであることを自覚したらしい。その後離婚し、現在は独身だという。理央は年齢を言い、あとは留学していたことを伝えた程度だった。大学名などは桐原のプロフィールでわかるだろうから、わざわざ口にしなかった。

店内は思っていたよりも明るく、バーというよりはカフェといった雰囲気だ。各席は壁で間仕切りがしてあり、個室感覚が味わえる。人目を気にしないですむのが売りのようだ。カフェっぽいとはいっても、そこはバーだからか、テーブルを挟んで対面する形ではない。壁に沿ってL字型にソファが造りつけてあり、並んでも座れるようになっていた。

理央と宇津井は、さすがにそんなふうには座っていない。L字の二つのラインにそれぞれ座り、ほどほどの距離感を保っていた。

「いつもは一人なので、カウンターなんですけどね」

「そういえば……どうしてこちらに？　学会に参加するためですか？」

「学会はついでです。ちょうど法事で実家へ戻る予定があって、それを知った知りあいが誘ってきたんです」

「ああ……」

「でも、参加してみてよかった。佐條さんにお会いすることができましたからね」

「あ、あのさっきから気になってたんですけど、敬語はやめていただけませんか？　宇津井さんのほうがずっと年上ですし」

「この口調は癖なんですよ。まぁ、誰にでも敬語を使うわけではありませんが……」

「でしたら普通でお願いします」

どう考えても敬語を使われる理由がないのだ。宇津井の柔らかなトーンで言われると、わけもなく申しわけない気持ちになってしまう。

「では代わりに名前でお呼びすることを許してください。佐條という響きも美しいですが、理央という名前も、大変可愛らしいですね」

「ど……どうぞ。もうなんでも好きに呼んでください」

可愛いかどうかはともかく、理央は自分の名前を気に入っている。面と向かって褒められたことは、ほとんどないけれども。

宇津井は嬉しそうににっこりと笑い、ゆっくりと口を開く。

「理央くん、でいいかな？」

「はい」

「もう気持ちは落ち着いた？　話せるなら、話してごらん」

静かに促されても、すぐに口は開けなかった。桐原とのことを、どう説明したらいいのかわからないのだ。

恋人同士だったら、痴話ゲンカになるのかもしれないが、自分たちではそうならない。気持ちがすれ違ったわけでもない。なにしろ互いの気持ちはまったく違う次元にあるのだから、すれ違うもなにもないのだ。

「大したことじゃないんです、ほんとに……ただちょっと、カッとなっちゃって。気晴らしに外に出てきただけだし」

桐原が身勝手なのは事実としても、本人にはこれっぽっちも悪気はなく、むしろどうして殴られねばならないのかと思っていることだろう。もちろんいきなり暴力に訴えた理央にも非はあるが、拒否したのに聞き入れなかった桐原も悪いと思う。

「桐原さんと、ケンカしちゃった？」

「え……」

「違うの？　彼が君の恋人でしょう？　それで、あまりうまくいっていない……と、考えていたんだけど」

理央は宇津井を見つめ返し、肯定も否定もしないまま小さく息をついた。

「僕と桐原って、いかにもデキてそうに見えるんですか……？」

「普通の人はわからないと思うよ。わたしはゲイだし、君のことを恋愛対象として見ているからね。それに状況的に考えて、そうだろうなと」

「ああ……」

少し安心したせいか、肩から力が抜けた。ロンググラスの中身を呷《あお》ると、冷たい液体が喉を通り、渇いていたそこを潤してくれた。

「桐原さんが羨ましいよ。君と並んで立っていても見劣りしないし、なにより君を独り占めできるしね」

「そんな……宇津井さんは格好いいですよ、すごく」

「ありがとう」

思わず力んで訴えると、宇津井は嬉しそうに笑った。

「それに独り占めっていうのも、違う気がします」

「彼はそんなに寛容なのかい？」

「寛容ではないと思いますけど、執着もしないので。だからもし僕が宇津井さんと寝たとしても、気にしないですよ」

気にしないどころか、セックスのときのことを根掘り葉掘り聞いて、実験のために連れてこいなどと言いだしそうだ。簡単に想像できてしまって、理央は苦い笑みをこぼした。

そんな理央をじっと見つめていた宇津井は、遠慮がちに尋ねてきた。

「桐原さんと付きあって……どのくらい？」

「……まだ二ヵ月くらいです」

「つまり、帰国して間もなくということか。以前からの知りあいだったのかい？」

「いえ、帰国して初めて会いましたよ。会って一週間くらいで、いまの関係になっちゃったんです。僕が桐原に惚れちゃって、それで……」

「一つ、訊いていいかな」

「どうぞ」

「桐原さんも、君を好きなんだよね？」

核心を突く質問に、一瞬言葉を失った。だが嘘を言っても意味はないし、かえって惨めだ。だから黙ってかぶりを振った。

宇津井は目を瞠り、それからすぐに複雑そうな表情を浮かべた。

「こんなこと、宇津井さんに言うのは間違ってると思うんですけど……」

「かまわないよ。君の事情なら知っておきたい。乗れる相談なら乗るし……正直に言うと、今後の戦略を立てる上で役立つだろうしね」

「戦略って……」

くすりと笑ってから、まっすぐに宇津井を見た。彼はなんでも受けとめてくれそうな雰囲気をまとっている。そのせいか、理央はすんなり口を開くことができた。

「桐原とセックスはしてますけど、恋人ってわけじゃないんです。そもそも向こうはなんとも思ってないんですよ。お気に入りのオモチャ程度……かな。もちろん好きだとか、そういうことも言われたことないし」

「君はそれでいいの？」

「……わかりません。自分でも、どうしたいんだかよくわからなくて……」

そばにいたいし、放っておけないが、だんだんと苦痛になってきているのは事実だ。抱かれるのは相変わらず気持ちがいいが、虚しさが募っていることも否定できない。

それでも桐原が自分だけを相手にしているならばいいと思っていたのに、ついさっきそれすら打ち砕かれた。

「理央くん」

膝の上で握りしめていた手に、宇津井の手が重ねられる。大きな手は桐原と同じだが、あの男はこんなふうに優しく握ってくれたことなんてなかった。

宇津井にときめいて、胸が騒げばいいのに、理央の気持ちは凪《な》いだままだ。彼に同じ気持ちを返せたら、なにもかもうまくいくのに。

そんなふうに思っていると、宇津井の口から似たようなことを言われた。

「わたしを好きになってくれないか。すぐにとは言わない。会ったばかりだし、君の気持ちは桐原さんにあるから、簡単にはいかないだろうけど……」

「宇津井さん……」

「だから、これからもこうして会って欲しいんだ。わたしにもチャンスだし、理央くんにとってもチャンスじゃないかな」

そうかもしれないと、ぼんやり思う。

宇津井の手を取れば、きっと穏やかで安らげる関係を築いていけるだろう。そのためには理央の気持ちが変わらなくてはならない。

「付け込むような真似は、ずるいかな」

「……ずるいですけど……たぶん、そういうものなんですよね」

付け込むのがずるいというならば、わかっていて付け込まれようとしている理央はもっとずるいことになる。

心地よく感じるそれを振りはらう気力は、もうなかった。


あれから毎日のように、宇津井からはメールか電話が来る。割合としては、メールが三で、電話が一といったところだろうか。

やりとりはいつも他愛もないことだった。仕事が休みだったから時間をかけてビーフシチューを作ってみたとか、それがとてもいいできだったので、ぜひ今度は理央にも食べさせたい、だとか。

いろいろと話を聞いた限り、彼はひと通りのことができるようだ。本来、自分のことは自分でするのが当たり前なのだが、桐原を見ていたせいか感動的ですらあった。

さまざまな点で桐原とは正反対の人なのだ。

話の内容は様々だが、必ず添えられるのは理央への気持ちを表した言葉だ。熱烈でストレートな愛の告白だったり、さり気ない希望――つまり、会いたいだとか触れたいだとか、先ほどのように作った料理を食べさせたい、などといった言葉だったり。

戸惑いは大きいが、嬉しくもある。モルモット扱いに多少なりとも打ちのめされていたので、宇津井の言葉にはずいぶんと癒《いや》された。

少し前まで、自分が男に口説かれるなんて、ありえないと思っていた。口説くことはあったとしても、抱かれる立場としては考えたこともなかった。

(慣れって怖いなぁ……もの好きが、ほかにもいたことにも驚きだけど)

男に口説かれても抵抗がないばかりか、抱きたいのだと言われても行為自体への嫌悪感はない。相手とそこまでの関係になるかならないかという、普通の恋愛の感覚だ。

笑えないが、思わず笑ってしまう。

家のなかはしんと静まりかえり、小さな笑い声さえもやけに響いて聞こえる。

いま、この家には理央一人しかいない。桐原は大学から直接どこかへ行ってしまい、十時過ぎてもまだ帰ってこなかった。

どうせ女のところだろう。おとといも同じように出ていって、先日のように移り香を纏って帰ってきたのだ。直接顔をあわせたわけではないが、洗濯をしているのは理央なのだからすぐにわかる。

もちろん理央はなにも言っていない。恋人ではないのだから、桐原がどこで誰と何をしようと、理央には口を出す権利がない。

あれ以来、桐原とはまともに言葉をかわしていなかった。ぎこちない、なんて可愛いものではない。おかげで学生たちが怯《おび》えている。

桐原を殴ってホテルを飛び出した日は、明け方になってからそっと部屋に戻った。桐原は目を覚ましたようだが、小さく舌打ちするだけでなにも言わなかった。

そのあとは、淡々とやるべきことをこなして帰京したが、いつものように軽口を叩きあうことはなかった。

東京に戻って普段通りの生活になったが、大きく違うのは今日のように桐原が頻繁に出かけるようになったことと、理央に手を出さなくなったことだ。

「飽きた……っていうか懲りたのかな。両方か」

腹に決めた一発の効果は理央が考えていた以上だった。ほっとしたような、がっかりしたような、自分でもよくわからない気分だ。

手を出されなくなって約二週間。それまでいやというほど抱かれてきたから、もの足りなさを感じていることも否定しない。

抱かれるのは気持ちがいいし、抱きしめられると安らぐ。そういうことを覚えてしまった途端に、この状態だ。自分で招いたこととはいえ、一人で過ごす夜には情けなくて落ちこむこともしばしばだった。

「あー……なんかいろいろ、どうにかしたい……」

このままでいいはずがないのだ。あれほど居心地がよかったはずの家なのに、ひどく落ち着かない。涼しくなってきたせいか、静けさがもの悲しく感じられる。

こんなときに癒してくれるはずの奎斗は、現在東京を離れていた。恋人の取材の付きあいで、北関東にある山間《やまあい》の集落へ出向いているらしい。平家の落人《おちうど》伝説がどうのこうのと言っていた。

布団の上で手足を投げだして天井を睨んでいたら、枕もとでメールの着信音が聞こえた。宇津井からのメールは食事の誘いだった。金曜日に、医学部の某教授に用事があってこちらの大学を訪問するので、終わったら付きあってくれないか……というものだった。

会うのはあの日以来だ。メールでのやりとりはともかく、直接会うのは少しためらいがあった。

好きになれるとは限らないのにデートまがいのことをするのは、残酷なのではないだろうか。いくら宇津井自身がそれを望み、チャンスを拡大するためだと思っていたとしても、理央のなかに逃避の意味が少しでもあるならば、それは宇津井を利用していることになってしまう。

やはり断るべきだろうと小さく呟き、会うのは遠慮したいと返すと、直後に電話がかかってきた。

「……はい」

『いま、ちょっといいかな』

「大丈夫です」

『ありがとう。ちょっと説得しようと思ってね。遠慮したいというのは、会いたくないっていう意味ではなく、言葉通り？』

いつも通りの柔らかな口調に、理央は小さく頷いた。電話なのだから見えるはずもないのに、無意識にそうしていた。

「言葉通りです。宇津井さんに逃げてるようなところが、あるし……」

さっき考えていたことを正直に告げると、困ったように言われてしまった。

『わたしから口説く機会を奪うのかい？　それにね、もっと単純に、君に会いたいと思ってるんだ。それを否定しないで欲しい』

ふらりと気持ちが揺れるのがわかる。あくまで宇津井の望みだと言われて、罪悪感のようなものが薄れていく。

ふっと息をつき、理央は言った。

「少し考えさせてください」

言い終えて電話を切って、天井の木目をじっと睨んだ。

自分を見つめてくれる男の手と、別のところを見ている男の背中。理央の前にはこの二つがある。

同じく抱かれる立場であるならば、桐原なんかより宇津井のほうが幸せになれるのではないだろうか。紳士的で包容力があって、人として尊敬できる。なにより理央のことを好きだと言ってくれるのだ。桐原の場合はそもそも理央を好きでもなんでもないので、比較する以前の問題なのだろうけれど。

桐原への片思いを楽しめた時期はとっくに過ぎて、いまは苦しいだけだ。最初の頃は、ここまで気持ち的に深入りするとは思っていなかった。恋なんて理性でなんとかなるだろうと思っていた。

自分には変に過信していたところがあったのだ。返す返すも甘かった。

過去にいくつかした恋の終わりは、いつも静かだった。失恋もしたが、引きずることもなかったし、追うことも追われることもなかった。だから今度の恋を自覚したときも、同じようなものだと思っていた。片思いなんだから、いつも以上に自然に冷めるだろうと。

（これはもう新しい恋しかない……気がする……）

うじうじと考えているのは性に合わない。自分自身にイライラした。それに桐原との不自然な関係を考えれば、いつまでもこの家にいるのもおかしな話だ。

「うん……まず出なきゃだな」

結論が出れば、行動に移すのも早い。理央は声に出して自らに宣言し、起きあがってすぐに荷物を纏め始めた。ここへ来た頃より私物は増えたが、それでも二日あれば充分な程度しかものはない。またしばらくはウィークリーマンションになるが、理央の気分も一新されるだろう。

そして金曜日には宇津井とデートをする。

気持ちが変わらないうちに返事を送信すると、すぐさま待ちあわせに関するメールが来たが、その文面には宇津井の喜びが滲《にじ》み出ていた。

(宇津井さんって、なんか可愛いよね……)

隙《すき》のないほどできた人だが、メールでのやりとりでほのぼのさせられることも多い。彼は意外と抜けているところがあり、服と一緒にティッシュを洗濯機でまわしてしまったとか、うっかりミスで車のバッテリーを上げてしまったとか、他愛もない失敗談をいくつか披露してくれた。

「ほんと……宇津井さんとだったら、すっごい和やかな生活になるんだろうなぁ……」

穏やかで温かで、平穏な毎日。きっと刺激は少なくて、たまには退屈に感じたりするかもしれないが、心を乱されることもなく暮らしていけるだろう。

宇津井のことを好きになればいい。桐原のことなんか、好きじゃなくなればいい。

理央は何度も自分にそう言い聞かせながら、黙々と荷造りをした。

日付が変わろうかという頃に、玄関のほうから物音が聞こえた。ここのところ、あえて顔はあわせないようにしていたが、さすがに今日はそういうわけにもいかない。理央は作業を中断し、部屋を出ていった。

「おかえりー」

以前と変わりなく聞こえるように振る舞い、帰宅した桐原に声をかけた。だが近づくことはせず、少し離れた場所から声をかけた。迂闊《うかつ》にそばへ寄り、知らない誰かの香りに気付きたくなかったからだ。

桐原は「ああ」とだけ返してきたが、視線もあわせなかった。

キッチンで水を飲んでいるのを遠目に見ながら、理央は静かに言う。

「とりあえず明日ここ出ていくから。いままでどうもでした。お世話してたのは僕だけど、一応言っとくね。お世話になりました」

桐原の動きがぴたりと止まる。だが反応といえばそれだけだった。表情はわずかに不機嫌そうだが、最近の彼はいつもそうなので、変化とは言えなかった。

「これからは仕事以外で関わったりしないんで、よろしく。あ、研究室ではちゃんと掃除とかするけどね」

そこは仕事のうちだから、と告げて、理央は踵《きびす》を返した。背後の気配を無意識に探ったが、桐原が動いている様子はなかった。


あれから理央はウィークリーマンションに移り住み、宇津井とは二度ほどデートをし、前回初めて軽く触れるだけのキスをした。

宇津井はやはりいい人で優しくて、いつまでも待つと言ってくれている。

申し分のない人なのに、相変わらず理央の胸が騒ぐことはなかった。人として好きなのは間違いないが、恋になる気配は感じられない。

時間が必要だ。そのうちきっと、好きになれるはずだ。そう思い、いまはデートを重ねているところだった。

今日もデートの約束をしている理央は、時計をちらりと見てから、目の前に立った学生たちを見あげた。椅子がぎしりと音を立てた。

「もう限界です」

まず井田が口を開いた。まぁそうだろうな、と軽く頷く。

以前と比べて会話がさらに減った研究室は、正直なところあまり居心地がいい空間ではなかった。

けっして無口ではないはずの桐原が、必要なこと以外ではまずしゃべらなくなった。口を開いたとしても単語をぼそりと吐きだす程度だし、常に不機嫌そうで、雰囲気がマシなときでも思案顔で声をかけづらい。

理央と桐原の他愛もない応酬はなくなり、理央には溜め息が、そして桐原には舌打ちが増えた。

当然、研究室の空気はかなり悪くなった。もちろん空気が汚れているとかいやな臭いがするとかいった意味ではなく、桐原が発生源の苛立《いらだ》ちが原因での空気の悪さだ。

理央は気にしないが、学生二人はかなり参っているようだ。特に能城は、日に日に顔色が悪くなっていく。可哀想なので、能城が直接桐原と話さなくてもいいように気をまわしているが、どうやら同じ空間にいるだけでもつらいらしい。

理央は桐原と個人的な会話をしない以外は、いつも通りに振る舞っていた。理央が次々と媒体を試し、データを積み重ねていく。協力してくれる学生を探して連れてきて、実験すると共に、聞き取り調査をする。研究が進んでいるかはともかく、データだけは日に日に増えていた。

何度か桐原のもの言いたげな視線を感じたが、声はかけてこない。理央からも桐原に対してアクションを起こす気はないので、必然的に仕事以外の会話はないのだった。

「限界なのはわかるけど、僕に言われてもね……」

「お願いします、なんとかしてください……！」

「なんで僕にー？」

今度は能城に泣きつかれ、理央は大きな溜め息をついた。

桐原は現在講義中だが、きっと学生たちは震え上がっていることだろう。それくらい、ここ最近彼の機嫌は悪い。廊下を歩けば、さーっと人が避けるほどだと聞いている。なまじ顔が整っていて、身体が大きいものだから、その迫力たるや相当なものらしい。理央はあまりそういったことを感じないため、あくまで能城たちや周囲からの話によれば……だが。

理央はうーんと唸《うな》り、小首を傾《かし》げた。

「研究のほうは結構順調で、締め切りが迫ってるものもないし、大学との摩擦もないよね。ってことは、原因はプライベートってことでしょ。いい大人なんだし、僕が口出すことじゃなくない？」

「だからです。佐條さんとケンカしたとかじゃないんですか？」

「してないよ。っていうかさ、もともとケンカするような間柄でもないんだけど、君たちそんなふうに思ってたの？」

「だって、前に……あの、受信感度の……」

非常に言いにくそうに能城は目を泳がせた。井田もわかっている様子だ。自ら気付いたか、能城に教えられたかしたのだろう。

「……まぁ、確かにセックスはしてたけどね。でも別に恋人なんかじゃないし、セフレですらないしね」

「でもっ」

「最近、外で夜な夜な女遊びしてるみたいだし、そっちでなんかあったんじゃないの？　僕を避けてるのは、殴られた影響だと思うよ。ちょっといろいろあって、一発ぶん殴っちゃってから、目もあわせて来ないんだよ？　意外とチキンだよね」

一応先日、殴ったことに関しては謝ったのだ。だが桐原は「いや……」などという、よくわからない返事をしただけだった。

あはは、と笑って見せると、学生たちはひどく困惑した表情を浮かべた。はっきり理央の口から身体の関係があったと言われて動揺したのだろうし、殴ったと聞かされて戸惑っているのだろう。

「不便な生活に戻ってストレス溜まってるんだとしても、僕がお世話してあげる理由もないでしょ？」

一時期同居していたことも学生たちは知っているから、そのあたりも含めて言っておく。以前のように業者を入れればいいことだし、付きあいのある女性の誰かにでもやってもらえばいいのだ。

「お相手は一人や二人じゃないみたいだしさ。家事の得意な人もなかにはいるでしょ。桐原のこと好きで、殴ったりしない優しい人がさ」

皮肉めいたことをつい口走り、言ったそばから後悔した。

だが理央にだっていろいろと思うところはあるのだ。相手のほうから勝手にやってくるだけ……などと言っておきながら、その気になれば出向いてセックスできる相手が何人もキープしてあったのだから。

ふうと溜め息をついてから、理央はにっこりと笑った。

「だから、ごめんね」

言うだけ言ってパソコンに向かい、被験者のデータを入力し始めると、学生たちはもの言いたげな視線を送りながらも、不承不承自分たちの作業に戻っていった。井田は新しい媒体を加工しているし、能城は効果的な形はないかと模索中らしい。

そのうちに講義を終えた桐原が戻ってきて、研究室内はますます緊迫した雰囲気に包まれた。学生たちは二人とも、自らの存在を打ち消さんばかりに身を縮めている。

気の毒だとは思う。思うが、理央にできることなどもうないだろう。学生たちが怯えていることは伝えたし、注意も促してある。それでも改善されないのだから、それはもう桐原の問題だ。

黙々と作業を進め、理央は予定していた時間ぴったりに席を立った。静まりかえった研究室にその音は大きく響き、能城が大げさなほどびくりと跳ね上がった。椅子から飛び上がったんじゃないかと思うほどの驚きようだった。

「お疲れさまでしたー。帰りまーす」

「か、帰っちゃうんですかっ？」

「うん。これから約束があるんだよね。今日はイタリアンのコースだって。超楽しみー。パスタ大好きー」

「ま、まさかデートとかっ？」

能城が叫んだ途端に、ぴしりと空気が凍りついた。

「えー……うん、まぁね。じゃ、お先ー」

誰とはなしに言って、理央は研究室を出た。井田と能城は固まっていたし、桐原がいっそう空気を悪くしていたが、知ったことではなかった。

待ちあわせは駅ビルに入っている書店だ。約束の時間の五分前に行くと、すでに宇津井は待っていた。

「お待たせしてすみません」

「時間前だよ」

眩しいものを見るような宇津井の目に、理央は少し照れくさくなる。彼はいつもそんなふうに理央を見つめる。

このまま宇津井の視線を受け続け、言葉をかわしていたら、本当に彼のことを好きになれるかもしれない。そんな期待感が芽生えた。

促され、並んで歩き始めても、悪目立ちするようなことはなかった。宇津井もかなりの長身だが、彼には強烈な存在感がないせいか、桐原のように視線を集めるということがないのだ。理央はいつもと変わらず、すれ違う人にさえ振り返られてしまうが、程度は一人でいるときと変わらなかった。一緒にいるのが桐原の場合だと、これはどういった二人組なのかと食い入るように見つめられることもしばしばなのだ。

落ち着いたスーツ姿の宇津井と、ノーネクタイではあるがシャツとジャケットを着ている理央は、並んでいても違和感を感じさせない組み合わせになっている。上司と部下、といった雰囲気なのだ。間違ってもデートをしているなんて思われまい。

駅を挟んで大学とは反対側の町をゆっくりと十分近く歩くと、目的の店が入ったビルが見えた。ビルの上層階にあるイタリア料理店は宇津井の行きつけで、今日は眺めのいいテラス席が用意されていた。秋の気配も濃くなり、日が落ちれば涼しいくらいの気候だが、比較的今日は穏やかな日で、頬を撫でる風も気持ちよかった。

テラス席は理央たちだけだ。しかも低木や装飾で目隠しもされていて、店内の客が気になることもない。

食前酒を口にしながら始まった食事はコースで、前菜から始まって、パスタと続き、魚料理へと進んだ。

宇津井の話はおもしろくて、久しぶりに楽しく会話しながらの食事になった。余計に料理が美味《うま》く感じられた。

肉料理のメインは鴨《かも》だ。ソースはバルサミコベースのものらしい。

「鴨なんて久しぶりです。というか、コース自体何年ぶりって感じなんですけど」

「桐原さんとは、こういうところで食事しないの?」

「しないですよ」

普段は外食なんてしないし、したとしてもフルコースはないだろう。食事に二時間も三時間もかけるなんていう行為は、桐原にとって無駄でしかないからだ。学会の夜に一緒に食事を取ったときも、桐原は酒を飲むこともなくさっさと食事だけすませて席を立ってしまったくらいだ。

「なんていうか……食事を楽しむ、っていう感覚がないんじゃないかなぁ。なにが好きっていうのもないし、まずいものよりは美味いほうがいいって程度なんですよね。僕がなに作って出しても、いつも同じ反応だし」

「うーん……作るほうとしては、ちょっと張りあいがないね」

「そうなんです。そもそも家事能力……っていう以前に生活能力が壊滅状態だし。もうひどいですよ」

「でも好きなんだね」

少し寂しそうに言われてしまって、理央は言葉を詰まらせる。勢いでしゃべってしまったが、自分に想いを寄せてくれる相手に好きな男の話をするなんて、無神経もいいところだ。

「すみません……」

「謝ることはないよ。桐原さんの話を出したのは、わたしだからね。それに桐原さんのことを話す君はとても可愛くて、好きなんだ」

「か……可愛い、って……」

思ってもみなかった単語が出てきて、理央は啞然としてしまう。まじまじと宇津井を見つめていると、柔らかく微笑まれた。

「やっぱり自覚してなかったんだね。桐原くんの話をするときはね、目が違うんだよ。本当に好きなんだなって、わかる」

「っ……」

顔から火が出そうだ。とても宇津井を直視していられずに目を逸らす。

そんなこと知らなかった。わざわざねつ造してまで言うことはできないだろうから、きっと本当にそうなのだろう。恥ずかしくて、とてもじっとしてはいられない。走って逃げたいほどだった。

「できれば、わたしのことでそうなって欲しいけどね」

「……僕もそうなりたいって、思ってます」

満たされたいと願うのは人として当然のことだ。このまま桐原を好きでいたところで、理央はずっと渇いたままだろう。

ふうと息を吐きだして顔を上げると、意外そうな顔をして宇津井は理央を見つめていた。

「なりたいの？」

「はい。だって僕と桐原の関係は、いろいろと不自然なんです」

「それは……わたしが聞いてもいいことなのかな」

「聞かせてもいいのかって、僕のほうが迷うようなことなんですけど……」

「かまわないよ。このあいだも言ったけど、むしろ知っておきたいんだ。それに、話すことで気持ちの整理がつくということもあるかもしれないよ」

諭すような言い方は心地よく、すんなりと理央は頷いていた。確かに抱えこんでいるよりも、口に出したほうがいいのかもしれないと思う。

「僕と桐原って、恋人でもなんでもないんですよ。なんていうか、都合のいい家政婦でセフレで……モルモット、なんですよね」

「モルモット？」

宇津井も恋人同士でないのは薄々わかっていたようで、前半部分は静かに聞いていただけだったが、最後の言葉には不快そうに眉根を寄せた。モルモットという言葉がそうさせたようだ。

「桐原の研究は知ってますよね？」

「ああ……あのとき、ポスターディスカッションだったか、あれを聞いていたからね。セックスと同じというのは驚いたけど……」

「つまり、そういうことなんです。受信の感度が高い被験者って僕なんですよ。桐原はセックスの反応と比例するはずだって確信しちゃってるもんだから、わざわざ装置着けてセックスして、終わったあとでいろいろ聞いてきて……最悪でしょ」

力のない笑いがもれたが、うまく笑えたかどうかはわからなかった。

場所や時などの条件を変えて、何度も実験的に抱かれてきた。絶頂の直後が効果的らしいとわかったあとは、無闇《むやみ》にいかされもした。

性欲処理に使われている分にはまだよかったが、実験でしかないのに何度もいかされるのは精神的な苦痛を伴った。

だから学会の夜のことは、いいきっかけだったのだ。遠からず理央には限界がきていただろう。

「不毛すぎるんで、もうやめました。学会の頃からもう桐原とは寝てないし、毎日会いますけど、仕事の話くらいしかしないし」

話しながら少しずつ鴨を口にし、理央はナイフとフォークを置いた。笑みを浮かべる理央に対して、宇津井はかなり気遣わしげだった。

「無理してでも、そのほうがいいと思ったんだね？」

「はい」

「そうか」

言葉少なに呟いただけで、宇津井はなにも言わなかった。理央がいろいろと考えて決めたことだとわかっているから、余計なことは言うまいと思ったのだろう。

メインの皿が下げられ、カプチーノとドルチェを待っているとき、理央の携帯電話が着信を知らせて震えた。

ちらりと相手を確かめると能城だった。メールではなく電話だ。

「……すみません。少し外します」

苦笑しつつ断り、電話のために席を立った。テラスの端へ行くあいだに着信音は切れたが、こちらからかけなおした。

『佐條さんっ……！』

悲鳴のような声だった。これは相当追いつめられていると考えていいだろう。

「どうしたの？」

『桐原先生が超怖いんですっ。さっきからもう機嫌最悪なんです、目からビーム出そうなんです！　お願いします、助けてください……！　井田がいつの間にか帰っちゃって、僕一人なんですよぉ！』

それはまた可哀想な状況だ。井田もなかなか冷たいといおうか、友達甲斐のないことをするものだ。とはいえ彼らが友達なのかどうかまで理央は知らない。ただ同じ研究室にいるだけで、友達でもなんでもないのかもしれない。

「気の毒だけど、こっちはまだ食事中なんだよね。いまメインを食べ終わったとこ。シャラン産の窒息鴨のロースト、うまかったよ。窒息とか、処理法がメニュー名に入ってるのはどうかと思うんだけどさ。普通にシャラン産鴨でいいじゃんね？　それはそうと、まだラボにいるの？」

『帰れないんですぅ……！　佐條さん、いまどこなんですか』

「んー、夜景のきれいなリストランテ。ここのテラス席、最高だよー。ばっちり大学も見えるんだよね、ここ」

『それって遠いんですか！』

「だから大学が見えるってば。大学病院のてっぺんあたりがね。んーと、直線距離だと一キロくらいなのかなぁ。でも、悪いけどそっちには戻らないからね」

『えぇえっ……！』

「能城くんも、スルーして帰っちゃえばいいよ。あんなのテキトーにあしらっときゃいいんだって」

『そう思ってくれるなら来てくださいーっ。僕もう胃がキリキリして……っ』

「やだ。だってデート中だもん。胃のほうはお大事にね。じゃ」

言うが早いか理央は電話を切った。すぐに能城がかけ直してきたがあえて無視した。

可哀想だとは思うが、桐原のことは気にせず帰ってしまえばいいことだ。苛ついていたとしても、学生を引き留めるような真似はしないだろう。いまは忙しくない時期だし、引き留める理由がないからだ。

それにしても能城があそこまで怯えるとは、一体どうしたのだろうか。井田がこっそり帰ったというのも、空気に耐えられなくなったせいかもしれない。さっきまでは、そこまでひどくはなかったはずだが――。

考えながら席に戻ると、カプチーノとドルチェが待っていた。宇津井はまったく口を付けずに待っていたようだ。

「あ、すみませんでした」

「少し話が聞こえてしまったんだけど……研究室の学生さん？」

「はい。でも、大したことじゃないですから」

「それにしては、落ち着かないね」

「……そう見えます？」

確かに気になってはいる。能城の精神状態もだが、それより桐原はどうしたのかとつい考えてしまうのだ。

興味はないのだと言い聞かせ続けても、やはりいまだに気持ちは桐原に向かっている。認めざるを得なかった。そしてこんなにも心乱されてしまうことが悔しい。

キャラメルのジェラートとリンゴのタルトを突きながら、理央は溜め息をつく。桐原から離れるべく行動していたのに、先日からまったく変わっていない事実に気付かされてしまった。背中を向けただけで、まだ少しも離れてはいなかったらしい。

デートをしてキスをしても、まだ宇津井に心が寄り添えない。もっと時間がかかるということなのだろうか。それとも——。

理央は顔を上げ、じっと宇津井を見つめた。

どうしたら桐原より宇津井のことを好きになれるのだろうか。そもそもどうして、理央は桐原を好きになったのか。

自覚したのは抱かれたあとだった。その前からときめいたり、欲情したりしていたが、少なくともセックスするまでは、かなり曖昧《あいまい》な感情だったはずだ。理央自身でも、自覚したタイミングがわからないくらいなのだ。抱かれている最中だったような気もするし、終わったあとだったように気もする。

「……現状打破するには、やっぱり思いきった行動を取ってみたらいいのかなぁ……」

気がつくとぽつりと呟いていた。意外と大きな声になってしまったから、当然宇津井にも声は届いていた。

「いまの関係を、変えたい？」

「あ……まぁ、そうですね。このままじゃ不毛なだけだし……」

その不毛な関係が始まったのは、理央が桐原に欲情してキスしてしまったからだ。そこからずるずるとセックスすることになった。

理央が誘って、桐原と寝ることで気持ちが決定付けられた。

だったら、いっそ同じことをしてみればいいのではないだろうか――。

あれやこれやと考えていると、そろそろ出ようかと言われ、宇津井に促されて店を出た。気がつかないうちに支払いは終わっていたようだ。

「ごちそうさまでした。美味《おい》しかったです」

「喜んでもらえたならよかった。まだ時間があるなら、飲みに行かないか？」

「……はい」

飲みに行くのはかまわないが、時間がたてばいまのこの気持ちが変わってしまいそうな気がした。勢いが萎《しぼ》んでしまう予感がするのだ。

さっさと口にしてしまえばいい。決まってしまえば、理央は引き下がることはしない。そういう性格なのは自分でわかっていた。

理央はすっと息を吸い、前を向いたまま口を開いた。

「宇津井さん。ちょっと相談というか、お願いなんですけど……。まず心、っていう主義は、変えるの難しいですか？」

理央の言葉はさすがに意外だったのか、宇津井はすぐに返事をしなかった。真横からの視線を感じた。

「それは……誘っていると思っていいのかな」

理央は大きく頷いた。

「はい。僕を抱いてみてくれませんか」

「ふざけるな」

間髪《かんはつ》入れず返ってきた答えに、理央はびくっと身をすくめた。

それは隣からではなく後ろから聞こえてきて、しかもよく知っている声だった。ここにはいるはずのない男のものだ。

理央と宇津井の足はほぼ同時に止まっていた。いち早く振り返ろうとした理央は、その前に腕をつかまれ、強引に身体の向きを変えられてしまう。

息を切らした桐原がそこにいた。秋も深まってきたこの時期に上着もなしという寒そうな姿だ。白いシャツは皺《しわ》だらけだった。理央が洗濯をしていた頃は、もっとまともな格好だったのに――。

「なんでいるの……っていうか、どうしてここがわかったの？」

「能城に探りを入れさせたからな。いいから、来い」

今一つ返答になっていないのだが、桐原にとってはどうでもいいことらしい。宇津井の存在など頭から無視し、理央の手をつかんで歩きだそうとした。

「桐原さん。いくらなんでも一方的ですよ」

宇津井に名を呼ばれ、桐原は露骨にいやそうな顔をして振り返る。なかば唖然としていた理央は、そうでもなければ引きずられていくところだった。

「デート中なんですよ。邪魔をしないでいただけますか？」

「……見た顔だな。学会でこいつを見てた男か」

意外な桐原の言葉に、理央は目を瞠った。確かにあの場には桐原もいたが、まさか宇津井の視線の先まで把握していたとは思わなかった。

唖然としているうちに、宇津井は口を開いた。

「宇津井滋と申します。あの夜に理央くんと知りあいましてね。目下、デートを重ねて口説いてる最中です」

「どういうつもりだ」

「決まってるでしょう。わたしは理央くんを愛しているんです。あなたこそどういうおつもりなのか聞きたいですね。なんの権利があって、彼を連れ帰ろうとするんです？」

宇津井の口調は厳しく、普段の柔らかさはなりを潜めている。桐原を見つめる目も、見たことがないほどにきついものだった。

さっきのビルからは少し離れ、いまは閉まったオフィスの前スペースにいる。さり気なく宇津井が誘導したのだ。目立たない場所にしてくれたのは幸いだった。そうでなければ、いやというほど注目されてしまっただろう。なにしろ揃《そろ》いも揃って長身の男が三人で修羅場になっているのだから。

「これは俺のものだ」

「ものじゃないし」

思わず理央はぼそっと呟き、手を振りはらおうとした。だが桐原の手は強く握られたままで、一向に離れていかない。やはり力だけならば桐原のほうがずっと強いようだ。

「選ぶのは理央くんですよ。あなたじゃない」

チッと舌打ちが聞こえたあと、桐原は睨むようにして宇津井を見て、ゆっくりと理央に視線を移した。そうして静かに手を離す。

怪訝《けげん》そうに見つめている先で、桐原の目が宇津井に戻った。途端に鋭さが増したように見えたのは気のせいではないだろう。

対して宇津井の目はひどく穏やかだった。

「理央くん」

「は……はい」

「選んで、理央くん。桐原さんと、わたしと……どちらの手を取る？」

優しい目でそう問われた。

どちらの手を取っても、それぞれに悔やむことになるのだろう。桐原を選べば、宇津井の優しさに甘えて、結局は彼を傷つける結果になるし、宇津井を選べば自分の気持ちに嘘をつくことになる。そしてここまで来てくれた理由を、ずっと気にするのだろう。

理央は桐原を見つめた。息を切らしているのは、大学からここまで走ってきたからだろうか。上着すらないのは、取るものも取りあえず駆けつけたからだろうか。

きゅうっと胸が締めつけられる。桐原の真意がどこにあろうと、それだけで震えるくらいに嬉しかった。

この気持ちに素直になっていいのか、ここへ来ても理央は迷っていた。ついさっきまで宇津井と寝ようとしていたのに、桐原の手を取ってもいいのだろうか。

「佐條」

低い声がして、理央は我に返った。桐原がじっとこちらを見て、手を差しだしてきていた。

ふらりと足を踏みだして、理央は伸ばした手で桐原の手を取った。見つめていた桐原の目に、確かな喜色が浮かんだように見えた。

つかんだ手は、すぐに桐原の手につかみなおされる。まるで逃がすまいとでもしているようだった。

桐原の手を取ってしまった。いろいろと考えたわりには、結局頭ではなく無意識の行動に任せてしまったような気がする。

手を握られたまま理央は宇津井を見つめた。申しわけなさでいっぱいで、顔を見るのがつらいほどだったが、目を逸らすのはもっとひどい気がした。

「ごめんなさい……」

「謝るのはなしだよ。わたしの魅力が足りなかっただけなんだから」

「そんなことないです！　宇津井さんは、桐原よりずっといい男ですって。ほんとに、そう思います。自分でも趣味悪いって、思うし」

隣で桐原はムッとしていたが、文句は言わずに黙っていた。選んでもらったので、彼なりに譲歩しているらしい。

「ありがとう。とても楽しかったよ」

「僕もです」

「うん、せっかくだからしばらく恋人は作らないで、様子を見ることにしようかな。まだチャンスはあるかもしれないしね」

宇津井は柔らかく笑い、桐原を挑発してからタクシーを拾って去っていった。彼なりの激励だったのかもしれない。

桐原は理央の手をつかんだままタクシーを拾った。

車に押しこめられるときも、車中でも、桐原は理央の手を離さなかった。

家の前に着くと、札を渡して釣りも受け取らずに家に入り、ずかずかと家のなかを突き進んだ。リビングまで来ると、桐原はソファに理央を無理やり座らせ、ようやく手を離してくれた。

その代わりと言わんばかりに両肩——腕に近い部分をがしりとつかまれる。その状態で言われたのは、予想外の言葉だった。

「もうあの男には会うな」

「いきなり、それ？　ほかに言うことあるんじゃないの？　っていうか、なんであんたがそんなこと言うの」

桐原の手を取ったのは理央だ。だがそのことと、桐原が理央を所有物のように扱うこととは、まったく別問題のはずだった。

「おまえがあの男に……いや、ほかのやつと会ってると思うと、イライラするんだよ。あのガキのことも、もうかまうな」

「それって奎斗のこと？　それこそ、なんで？　っていうか、あんたに指図される理由はないんだけど」

桐原の言い分にムッとしていると、ふいに力強く抱きしめられた。宇津井も言っていたが、本当に一方的だ。らしくない行動を取っていても、そこは変わらないらしい。

「あのとき……」

「は？」

「学会の夜だ。女と出かけて……」

「思いだしたくもないんだけど」

またも一方的に始まった話に思わず顔をしかめた。あの夜のことなど聞きたくないのに、桐原は引き下がらない。

理央は不機嫌に横を向いていた。

「いいから聞け。俺はな、久しぶりにおまえ以外のやつを抱こうとしたんだ。そこそこ感じやすい女だったことを思いだして、実験にちょうどいいと思ってな。何回も抱いてきた女だった」

「あーそう」

「なのに、だめだった」

「……はい？」

「無理だったんだよ。まったくその気になれなくてな。戻ってからも何人か呼びだしたり、誘いに乗ってみたりしたんだが、結果は同じだった。女も男も、どんなのが相手でも無理だったんだ」

理央はまじまじと桐原を見つめた。

何度も出かけていたのは、そのためだったらしい。セックスをしていたわけではなく、しようとしていた……というのが真相のようだ。

少しはほっとしたが、だからといって理央の気持ちが晴れたわけではなかった。

「それはお気の毒さま。やりすぎて枯れちゃったんじゃないのー？」

「あいにくだったな」

にやりと笑い、桐原は理央の手をつかんで自らの下腹部へと導く。無理に触らされたそれは、思わずびくっと手を引っこめそうになるほど反応しきっていた。

「うわ……」

「おまえにならう立つらしいぞ。というか、おまえにしか立たなくなったんだよ。どうしてくれる」

「ど、どうって……」

責められる意味も理解できないが、そんなことを言いながら迫ってくる頭の中身はもっと理解できない。

いや、可能性ならば脳裏をよぎっているが、無意識に強く否定しているのだ。変に期待して、あとで落胆したくはなかった。

「いまにして思えば、いろいろ別格だったんだよ、おまえは。他人を自宅に入れたのも初めてだったし、一緒に眠ったのも初めてだった。抱いているときに、観察する意識がなかったのも、一晩に何度もしたのも、おまえが初めてだ」

「……はい？」

立て続けにいろいろ言われて、理央は混乱中だった。一つ一つ自分のなかで理解していくと、ますます混乱に拍車がかかった。

「観察してたよね？」

「そんなことしてたら萎《な》えるだろうが」

「ぜ……絶倫なんだと思ってた」

「お前限定でな」

自分でも妙なことを口走ったと思ったら、しれっと言い返されてしまった。今度こそ絶句してしまう。

「気がつくとおまえのことを考えてるんだよ。おまえの顔が見たくなるし、声が聞きたくなる。そばにいないと、どこでなにしてるのかって、気になって仕方ないんだ。ほかの誰かといるって思うと、苛つくしな」

頬に大きな手が添えられて、じっと目を見つめられた。ただそれだけなのに、顔から火が出そうなほど恥ずかしい。逃げるようにして目を逸らすと、いきなりまぶたにキスされた。とっさに目を閉じたら、苦しいほどにぎゅうっと抱きしめられた。

「そばにいたらいたで、抱きしめて離したくなくなるしな。キスして、俺だけ見つめさせて、この身体にむしゃぶりつきたくなる」

頭のなかは真っ白だった。これは一体誰なんだと問いかけたくなる。

「き……桐原？」

「なんだ？」

「な、んで……あんた、さっきから……なに……？」

「告白に決まってんだろうが。こういうのを、惚れているって言うんだろう？」

「……え？」

二つの言葉が理央のなかでぐるぐるとまわった。告白、そして惚れている。確かに桐原はそう言った。

固まっていると、形のいい唇が耳もとに寄せられた。

「愛してる……」

「っ……」

耳もとで囁《ささや》かれた声の甘さに、びくっと身体が震えてしまう。あまりの歓喜に、肌が粟立《あわだ》っていた。

「う、嘘……」

「いい度胸だな。人の告白を、嘘呼ばわりか」

「だ、だって、さんざん実験してたじゃん！」

「ついでにな。実験と言えばおまえが断らないかと思ったし」

「バカッ、逆だよ！」

どこまで人の気持ちがわからないんだと、だんだん腹が立ってきた。いや、いまさら桐原に怒っても仕方ないのは承知しているが、悩んでいた時間と落ちこんだ気分を返してくれと言いたくなった。

「まぁいい。嘘呼ばわりするなら、わからせてやる」

「な……っぁ……！」

耳に嚙みつかれ、ぐにゃりと全身から力が抜けた。元気に怒っていたのも、一瞬で萎んでしまう。

舌先は耳朶をくすぐり、なかにまで入ってきて水音を響かせた。

そこはだめだ。酔いにも似た心地よさに身も心も溶けていってしまう。考える力すら奪われていってしまう。

理央の身体を知りつくしている桐原は、執拗に耳を愛撫しながらソファに押し倒してきて、手際よく着ているものを脱がしていく。

ジャケットもベルトもパンツも、無造作に床へと放りだされた。前をはだけたシャツ一枚にされるのはあっという間だった。

相変わらず耳の後ろを舐めたり耳朶を甘噛みしたりしながら、指先は胸をまさぐり、指先で乳首をいじりまわした。つんと尖《とが》らせたそこを指の腹で挟むと、腰のほうまで甘い痺れが走り抜けた。

「あっ、ぅ……ん……」

ようやく耳がキスから解放され、代わりに首や肩、あるいは鎖骨あたりに痕《あと》を残されていく。服に隠れる場所だろうとそうでなかろうと、桐原はおかまいなしだった。

指でいじっていたところに吸いつくと、舌先を乳首に絡ませて転がし、なおも理央に声を上げさせた。反対側の胸も指先がいじりまわしていて、甘いばかりの快感に、たちまち全身が支配されていってしまう。

いつにも増して感じやすい気がする。無意識にかけていたブレーキのようなものが、桐原の言葉で壊されてしまったのかもしれない。

濡れた声を上げてよがる理央に、桐原はもっと喘げとばかりに愛撫を与えた。

胸を吸いながら、手を滑らせて脇腹や腰を撫で、反応の激しい腰骨のあたりを執拗に触る。腿の内側も理央は弱くて、膝から撫で上げられるだけで泣きそうな声を上げた。

「やっぱり、おまえでないとだめだな」

満足げな声が聞こえて、理央は目を開ける。桐原は声の調子通りの表情で、胸から唇を離してあちこちにキスをし始めた。

腹や腰、腕や手首まで舐められ、指先をしゃぶられた。ぞくぞくと這い上がる快感に、おかしくなりそうだった。

身体中にキスされたおかげで、理央はとろとろに溶かされ、頭のなかまで痺れてしまっていた。だから膝裏を押しあげられ、身体を折るようにして腰を上げさせられたことも、よくわかっていなかった。

あらわになった最奥に、桐原は躊躇することなく舌を寄せる。

「んっ……」

理央はかすかに震え、鼻に抜ける甘い声を上げた。

舌先が丹念にそこを舐めほぐし、緩んできたところに尖られたそれが入ってきた。

我に返ったのは、身体を内側から舌で愛撫された瞬間だった。自分の恥ずかしすぎる格好も、そのときに自覚した。

「や、ぁ……それっ、や……だ……」

衝撃が強くて理央は半泣きだ。仰向けに寝かされたまま腰だけ高く上げさせられるという、とんでもない格好をしていることすら、舐められているというインパクトに比べたら大したことはなかった。

後ろを舐められたのは初めてだった。指での愛撫は何度もされてきたが、口を付けてくることはなかったのだ。

「じっとしてろ。いいんだろ？」

「ちが……っ……」

「嘘つくな。ここは喜んでるぞ」

「やっ……しゃべ……ん、なっ……バカッ」

半泣きの状態で悪態をついたところで、効果などないのは明白だ。むしろ桐原を煽《あお》りたてる結果にしかならない。

「バカでも好きなんだろ？」

「し……知る、かっ……」

「俺は愛してるけどな」

「っ……」

一瞬で耳まで赤くなった理央を見て、桐原はにやりと笑った。そして舌で何度も理央を突き、泣き声まじりの喘ぎを部屋に響かせた。

気持ちがよくてたまらなくて、みっともなく喘いでいる自分が恥ずかしい。そう思うのに身体はまったく自由にならなかった。

「こんなに泣くなら、もっと早くやってやるんだったな」

ようやく顔を上げたかと思ったら、桐原はひどく楽しそうにそんなことを言ってきた。

「こ、のっ……ぁ、あ！」

罵《ののし》ってやろうと開いた口は、代わりに嬌声《きょうせい》を上げさせられる。唾液《だえき》で濡れた指が、一気に入ってきたからだ。

ぐちゅぐちゅとなかをかきまわされて、自然と腰が揺れた。

久しぶりの刺激に、身体中が喜んで震えた。もっとしてほしくて、自ら腰を押しつけるような動きになってしまう。

指を増やされるたびに、疼きがひどくなっていく気がした。気持ちがいいのに、それだけでは足りなくて、もっと深く犯してほしくなる。

指では満たされない。桐原のものでなかを抉《えぐ》ってほしい。

「も……入れ、てっ……」

「可愛いやつだな」

くすりと笑い、桐原は耳もとで囁いた。揶揄なのか本心なのかは知らないが、理央にとってたまらない刺激なのは変わりない。

深いところから、ぞくぞくと快感が這い上がってきた。

懇願するように濡れた目で見つめると、ゆっくりと指が引き抜かれていく。

そしていつもより性急に、桐原は身体を繋げてきた。

じりじりと開かされる感覚が、理央に歓喜をもたらす。この男は理央に愛していると言って、欲しくて仕方ないから抱くのだ。そう思ったら、入れられただけで達してしまいそうになった。

「あっ、ぁ……いく……っ、いき、そ……う……」

「待て」

「ぁう……！」

指で射精を止められて、理央はがくりとのけぞった。

いきたいのにいけない状態に悶《もだ》えているうち、理央のなかに桐原が深く入りこんだ。だがすぐに動くことはしなかった。

指が離れていき、理央は大きく息を吐きだしながら目を開けた。

やけに甘ったるい表情で、桐原は理央を見下ろしていた。

思わず視線を逃がしてしまったのは仕方ないだろう。気恥ずかしくて、直視できるはずがなかった。

「どうした？　いまさら照れることもないだろうが」

「……放っといてよ……」

「この状態でか？」

喉の奥から聞こえる笑い声が実に楽しそうだ。どうやらいまの桐原にとっては、理央の反応一つ一つが興を煽るらしい。

「あんたが気持ち悪いくらい甘い顔するからだよ……っ」

「そうなのか?」

「そうだよ。なんか別人みたいなんだけど」

身体は繋がったままだが、言葉をかわしているあいだにいくらかクールダウンしてきた。少なくとも、すぐにいくような状態ではなくなった。

「どういう顔かは知らんが、いやなら目をつむってろ」

「いや……じゃ、ないけど……」

ただ恥ずかしいだけだ。思わず呟いて横を向いたら、耳に軽くキスをされた。

「おまえのそういうところが可愛いって、最近気付いた」

「そ、そう」

「気に入ってるとか、おもしろいとか……前はそんなふうに考えてたんだけどな。可愛いって思う気持ちがどういうことか、わかってないだけだった」

つまり抱いていた感情としては変わっていないと言いたいらしい。それもまた桐原らしくて、笑いそうになってしまう。

「おまえに惚れてるだけだって自覚したら、いろいろ一気に納得したな。だから、全部出していくことにした」

「は……?」

「可愛いと思えば言うし、泣かせたいと思えばそうする。で……やりたいと思ったら、気がすむまでやろう、ってな」

「ちょ……あぁっ……」

結構とんでもないことを言われたと気付いて戸惑っているうち、ゆっくりと理央は突きあげられた。

待ち望んでいた刺激だ。芯まで痺れるような快感に縛られ、もうなにも考えられなくなっていった。

穿たれるままに声を上げ、初めて桐原の背中に縋《すが》りついた。

どれだけ抱かれても、どうしてもできなかった行為だった。恋人ではないのだからと、自制してきたのだ。

「桐原ぁ……っ」

好きな男の背中に手をまわしたら、意味もなく泣きたくなった。思っていたよりも感傷的になっていたらしい。

しがみつかれた桐原のほうも思うところがあったらしい。深いところをかきまわしながら、うっすらと口もとに笑みを浮かべた。

「もっと縋りつかせたくなるな……」

「は、っ……ぁ、ああ……」

汗で張りついた理央の前髪を撫で上げ、桐原は額にキスを落とした。それから背中に腕をまわし、引きあげるようにして理央を膝に乗せる。

目を開けると、笑みを浮かべている顔が目に入った。

「なんか……エロおやじ化してる気がするんだけど……」

「いいから動けよ」

「んっ、あ……」

つかまれた腰が上下に揺さぶられ、思わず声を上げてしまう。だがそれが呼び水のようになり、理央はなかば無意識に自ら腰を揺らし始めた。

桐原は手を離し、理央の胸や中心を愛撫した。

浅ましく腰を振り立て、理央は欲しくてたまらない快楽を追いかける。濡れた声をためらいもなく上げ、乱れていく。

「もっと喘げよ」

「う……るさっ……」

「愛してる」

「ばっ……脈、絡……なさ、すぎっ……大安売り、すんな……っ」

愛してる、という言葉も、こう立て続けに言われると微妙な気分になってくる。価値が下がるような気がする一方、やはり嬉しいと思ってしまう自分がいる。

桐原は理央の憎まれ口など気にもせず、首筋に噛みつくようなキスをしていた。

ふと視線を落とした理央は、桐原がほとんど着衣を乱していないことに気がついた。脱がしてやろうとボタンに手をかけ、上から一つ一つ外していく。

だが外せたのは途中までだった。もともと皺だらけだったシャツをはだけさせたところで、理央のほうがどうにもならなくなってしまった。

感覚が高まるだけ高まり、頭のなかが快楽で塗りつぶされていく。

脱がそうとしてかけていた指は、シャツにしがみつくことしかできなくなっていた。理央は濡れた声で鳴きながら、桐原の上で激しく乱れた。

「あっ、ぁあ……！」

桐原の手で深く沈められ、同時に下から突きあげられて、頭の先まで強い快感が抜けていった。

しなやかに背中をのけぞらせていった理央は、倒れこむようにしてぐったりと桐原にもたれかかる。

本当はそのまま、動きたくなかった。なのに桐原は乱れた呼吸を繰りかえす身体をふたたびソファに戻し、さして間を置かずに動き始めた。自らを絶頂に導くための律動を再開させたのだ。

「やっ、あ……！　だめっ……あ、ぁ……！」

いったばかりで過敏な身体が、理央に悲鳴を上げさせる。

だがいやだと思う自分はどこにもいなかった。

角度を付けて弱いところを抉られて、絶頂感が何度も襲ってきた。そのたびに意識が飛びそうになるが、引き戻されてまた感じさせられる。

「いく……っ、あ、あ、やっ……また、いっ……ちゃ……」

「愛してる……理央……」

初めて名前を呼ばれた。たったそれだけで、いともたやすく絶頂がやってくる。

甘いその声を聞きながら、理央は好きでたまらない男が自分のなかでいくのを感じ、たとえようもなく幸せな気分になった。


目が覚めたらベッドのなかで、しかも桐原の腕に抱かれていた。

昨夜の記憶は途中からひどく曖昧だ。最後は失神してそれっきりだったらしく、当然風呂に入った記憶もなかった。

なのに身体はさっぱりしていて、なかに残滓《ざんし》もない。桐原がどうにかしたらしい。こんなことは初めてだった。

見あげると、桐原はすでに目を覚ましており、じっと理央を見つめていた。

雰囲気がなんだか甘い。似合わないと思ってしまうのは、きっと慣れていないせいだ。客観的に見れば、さほど違和感はなかった。

「……おはよ」

「朝の挨拶《あいさつ》はしたほうがいいか？」

「え、うん……まぁ」

言った途端に、ちゅっとキスをされた。予想外のできごとに、理央は大きく目を瞠ったあと、落ち着かなく視線を動かした。

「昨日からなんだよ。なんか、悪いものでも食べたんじゃないの？」

「さんざん食ったな。おまえを」

「ああ……納得」

思わず頷いてしまった。理央なんかを食い荒らしているから、きっと中《あた》ってしまったのだ。そうに違いなかった。

もぞもぞと動き、ベッドから起き出そうとしたら、阻止するようにして抱きしめられ、身動きが取れなくなった。強い拘束ではないが、腰と背中にしっかりと抱かれ、肩に顎《あご》まで乗せられてしまった。

「ちょっとー」

「もう少しじっとしてろ。気分がいいんだ」

「……まぁ、いいけど……」

確かに機嫌はよさそうだ。こんな桐原は久しぶりに見る。むしろ浮かれてるといったほうがいいのかもしれない。正直、気味が悪かった。

首にキスをしてくるのも、上機嫌の表れだろうか。セックスに繋がるものではなく、じゃれつかれているような感じのキスなのだ。耳を狙《ねら》ってこないあたりが、その証拠のような気がする。

「それ……楽しいの？」

「案外な」

とはいえ油断はできない。相手は猛獣なのだから、じゃれているのだとしても、いつその気になって食われるかわからないのだ。

「あんたって、意外と甘えんぼだよね」

「おまえにだけな」

「え……あ、そう……なんだ」

まさかの肯定に理央は面食らう。そのあいだにも桐原のじゃれつきは激しくなってきていて、ほとんど愛撫と化していた。

眠っていた性感が、ざわざわと目覚め始めている。

「待って待って。無理だから、ほんとに。あんた始めると止まんないし。朝からって、いろいろ厳しいんだって」

「慣れろ」

「やだよ」

「おまえとしかできないんだから、責任取れよ」

「そういうのって責任転嫁って言うんじゃないの」

いい大人なのだから、性欲くらいコントロールしてほしいものだ。欲情するのはかまわないが、限度を知れと言いたい。

「やりたい盛りのガキじゃないんだからさぁ」

「俺はいまがやりたい盛りなんだよ」

「バカじゃないの」

あながち冗談でもないので笑えない。理央以外の誰にも反応しなくなったという桐原だが、以前からそれほど回数を重ねるタイプではなかったらしい。ここ数週間のうちに試みたというかつての相手とも、多くて一晩に三回だったそうだ。これが理央相手だと、少なくとも三回になってしまうのだ。

淡々と語られて、理央は溜め息をつきたくなった。

「それはいいけどさぁ……一つ訊いていい？　あんたがキープしてたセフレみたいな人たちのことなんだけど」

気になっていることは、この際すべてはっきりさせてしまおう。そう思って切りだすと、桐原はなんでもないことのように軽く言った。

「ああ、あれはもう全員と切れてる」

「は？」

「もともとそうだったんだが、おまえ以外とやれるかどうか試したくてな。携帯に連絡先が残ってるのを、片っ端から呼びだしてみてたんだよ」

どうせ桐原のことだから、面倒がってアドレス帳から削除もしていなかったのだろう。さらに言えば、登録さえ自分でやったとは思えない。理央のときもそうだった。もっとも理央の場合は知らないと不便だということで、登録しておけと命じられたのだが。

「ふーん」

「気になるなら、あとで消しとけ」

「いや、そこまでは別に……」

だいたい面倒くさいではないか。どれが該当する人物なのかわからないのだから、消すとなれば、いちいち桐原に確認しなくてはならなくなる。それに人の携帯電話の中身を見るのは気が進まなかった。

ふと寝返りを打って部屋のなかが見えたとき、理央はカッと目を見開いた。身体が重いことなんて一瞬で忘れ去り、がばっと勢いよく起きあがった。

「桐原っ……！」

思わず叫んでしまったのは、もので埋め尽くされた床を見てしまったからだった。すっかり忘れていたが、理央がここを出ていってもう二週間近くたっていたのだ。少し考えればわかることだった。そして惨状はこの部屋だけではないはずだ。

こめかみのあたりがピクピクと動いている。きっといま理央の目はつり上がり、わなわなと震えているのだろう。

だが悠々と寝そべる桐原はどこまでも涼しい顔だった。横臥《よこぶ》せで肘をついて頭を支え、薄く笑って理央を見つめている。

「おまえがいないと俺は人間らしい生活ができないんだよ」

「……そうみたいだね」

「だから、戻ってこい」

にやりと笑い、桐原は理央に手を差しだした。手を取るのが当然といった態度は気に入らないが、結局はその通りになるのだから悔しい話だ。

理央は大げさなくらいの溜め息をつき、桐原をじっと見つめた。

「なんであんたはそう、いちいち偉そうなの……」

甘ったるい雰囲気を出すようにはなったものの、そこのところは以前とまったく変わっていない。いきなり殊勝になられても気持ち悪いだけだから、それは別にいいのだが。

仕方ない。こんな男を好きになってしまった理央の負けだ。
差しだされた手をつかむと、勢いよく引っ張られて胸に抱きこまれた。
心地よさに目を閉じて、理央は小さく笑みをこぼした。

桐原研究室の午後

桐原《きりはら》研究室の空気は、近頃かなり淀んでいる。それもピンク色に。

少し前までは痛いほど張りつめていて、それはもう能城《のしろ》の胃をキリキリと締め上げていたものだったが、あるときを境にそんな空気は跡形もなく消え去った。代わりに充満し始めたのが、このピンク色の空気だった。

「あっ……こら、変なとこ触んな」

「変じゃないだろうが。首だぞ」

二人が生みだす甘ったるい空気に、能城はむせかえりそうな気がした。

男同士で付きあっているのは別にいい。そのあたりの偏見はもともとないに等しく、能城にとって重要なのは恋人がいるかいないか、だった。相手がいる人よりも、いない人のほうが親しみが持てる、という程度のことだ。他人に迷惑さえかけないのならば、誰が誰とどうなろうとかまわない。

そう、迷惑さえかけなければ——。

（モロかかってんだけど……精神的に）

能城は遠い目をして灰色の壁を見つめた。

確かに佐條理央《さじょうりお》という青年は美人だ。いや、麗人という言葉のほうが相応《ふさわ》しいかもしれない。フランス系アメリカ人の父親から譲り受けたのだろう肌の白さや、美貌という言葉が違和感なくはまるきれいな顔立ちは、能城がこれまで見てきた人間のなかでもトップクラスに美しいと思う。けれども彼は男だ。それも百八十センチもある長身の。

いや身長はこの際どうでもいい。理央は頭が小さく、細身ですらりとしていて、印象としては「大きい」にはならないし、桐原のほうがさらに長身で体格もいいから、並ぶとむしろバランスがいいのだ。そして二人とも見目麗《うるわ》しい。

だから問題は、男同士であることでも、揃《そろ》いも揃って人並み以上に背が高いことでもなく、場所もわきまえずにいちゃいちゃしていることだった。

いや、ちょっかいをかけているのは桐原のほうだ。理央はそれを適当にあしらっているに過ぎない。けれども理央のあしらい方が甘いのも確かなのだ。

「……どっちがマシなんだろう……」

常に緊張感があった以前の研究室と、むせかえるようなピンク色の空気が充満している現在の研究室。前者は神経をすり減らして疲弊し、胃痛に悩まされた。後者は脱力感で疲労を覚え、なんだか激しく胸焼けがする。

桐原はおおいに変わった。

(俺様で変わり者で、傍若無人で仏頂面で……)

以前の彼は人を人と思わないようなところがあった。他人に興味がないばかりか、自分がどう思われようとも気にせず、人間関係がどうなろうともかまわないというスタンスだった。能城たちのことも雑用係くらいにしか思っていなかったはずだ。恵まれた容姿と頭脳、そして充分過ぎるほどの資産を持ちながら、彼は人間として当たり前のものを持ちえていなかったように思えた。

能城には話しかけるのすら勇気と根性が必要な相手だったし、論文や原稿の締め切り、あるいは学会前などは、同じ部屋にいるのさえつらかった。

もっとも、傍若無人なのはいまでも変わらない。理央という緩衝材がいてくれるので、直接的な被害が減ったというだけだ。

そう、きっかけは理央だった。彼が現れて、桐原は変わった。あるいは単に本質が表に出てきただけかもしれないが、とにかく桐原は見たことがないほど愉《たの》しそうに理央に絡んでいる。

おそらく出会った直後くらいには、恋に落ちていたのだろう。桐原が「恋に落ちる」など、薄ら寒いものがあるが、実際そうなのだから仕方ない。本人に自覚はいっさいなかったようだが、能城にはそうとしか思えなかった。

(どうでもいいから、巻きこまないで欲しい……)

あの日、理央のデート先を探らされたときは、本気で泣きそうだった。背後に立つ桐原に怯えながら、必死で携帯電話を握りしめていたのだ。

いまだに能城は詳細を知らされていないものの、あれは桐原の無自覚が引き起こした危機的状況だったに違いない……と確信している。あの週末が明けたら、すっかりピンク色の空気を発生させるようになっていたわけだが。

うまくいってよかったと思っている。思ってはいるが、研究室にまで爛《ただ》れた空気を持ちこむのはいかがなものかとも思う。

「バカッ……！　そこ、耳っ……」

「おまえは本当に耳が弱いな。間違ってもほかの男に触らせるなよ」

「ちょっ……ん……！」

鼻にかかった声が色っぽい。などと思ってしまったのが桐原に知れようものなら、能城に明日は来ないだろう。もちろん理央に対して特別な気持ちを抱いているわけではないし、深い意味もない。本当にただの感想だった。学問の府であるこの場に、まったく相応しくない種類の声だったのだから。

能城の目には、もわっと派手なピンク色に染まった空気が見える気がする。ところどころハートマークなんかも漂っているのかもしれない。

少し前に、桐原は「実験をやる」と突然言いだし、理央を隣に座らせた。自らが送信者となり、理央に受信させるという実験だ。現時点ではこの組み合わせが最も通信感度がいいので、二人で実験すること自体は珍しくない。しかしながら、ぴったりとくっついてやることではないはずだった。ましてや腰に手をまわす必要もない。桐原はとりあえず理央にカードを見せたり答えさせたりしているが、どう見ても、ただいちゃついているようにしか見えなかった。

「あれって実験なのかなぁ……」

思わず小さな声でぽつりと呟《つぶや》いた。もちろん当事者たちには聞こえないように、だが近くにいる井田《いだ》には聞いてもらえるように。

この気分を誰かと共有したかった。一人では耐えられそうもなかった。なのに井田は完全なる無反応だ。

悲しくなってきてしまう。きわめてくだらない理由で、なぜこれほどまでの孤独感に苛《さいな》まれねばならないのか、能城は非常に理不尽な気分になった。

いろいろな意味で怖くて直視することはできなかったが、耳は常に音や声を拾ってしまうし、目は視界に入るぎりぎりのところで、軽い衝撃映像を捉えてしまう。

桐原は理央の首あたりに手を当ててしゃべっていたのだが、なにを思ったのかいまはそこに顔を寄せていた。ようするに理央の首に顔を埋《うず》めているのだ。あやしいことこの上ない光景だ。

焦ったような理央の声が、桐原の行為をいちいち暴露している。どうやら耳朶《みみたぶ》に歯を立てたり、舌を這《は》わせたりしているらしい。

理央は特に耳が弱い、と桐原は言う。性感帯なのだそうだ。そして桐原の持論では、そういった場所こそ、通信の点でも感度がいいらしい。だから理央の場合は、いつも耳に増幅装置をつけさせている。そこまではいいが、桐原が噛んだり舐《な》めたりする必要がどこにあるのだろうか。

（先生……前のほうがいいとは絶対言わないけど、いまもどうかと思います……）

もともと能城は桐原を尊敬していたわけではなかった。なかったが、桐原の変わりようには衝撃を覚えた。

たまに理央から「死ね」などと罵《ののし》られても、桐原は機嫌よさそうに笑っている。嬉《うれ》しいのだろうか。だとしたら、彼はMなのだろうか。

（悪いものでも食べ……いやいや、変な菌とかウィルスとかに感染……ああ、違うあれだ。きっとキャトルミューティレーションみたいなやつだ。うん、そうだ。先生は宇宙人にキャトられちゃって、中身が火星人かなんかと入れかわったんだ。納得、納得。あれ？　牛の話だっけ？　人間はアブダクション？　まぁいいやなんでも）

現実逃避に明け暮れていると、二人の話は思わぬ方向へと進んでいた。

「非接触で実験しなくていいのか？　このままじゃ本当に医療とか介護とか、福祉分野で使うものになるよ？　僕はそれでいいと思ってるけどね」

「副産物として、それもありだな。あくまで副産物だがな」

「もう接触通信に特化すれば？　医療関係者からも期待されてるんでしょ？」

「……誰から聞いた」

桐原の声が低くなり、能城はびくっと身をすくめた。しかしながら視線と声を向けられている理央は、なんでもないことのように涼しい顔だった。

「あんたが考えてる通りの人」

「あの男か」

チッと舌打ちが聞こえた。桐原は些細《ささい》なことでもこれをやるので、機嫌のバロメーターにはならないが、直後に吐きだされたキーワードに能城は震え上がった。

桐原が言う「あの男」とは、例のデート相手だ。研究室で毎日のように二人の会話を聞いているうちに、否応なしにいろいろと事情を把握してしまい、件《くだん》の男性が医者だということも知ってしまった。理央曰《いわ》く「申し分のない人」あるいは「桐原よりずっといい男」らしく、彼の話が出るたびに桐原の機嫌は下降線を辿《たど》る。それを宥《なだ》めて浮上させるのは、理央にしかできないことだった。

てっきり不穏な雰囲気になるかと思いきや、予想外のことが起きた。いや、ある意味で期待していたこと——桐原の機嫌を取ること——を理央はやってくれたのだ。ただし方法がとんでもなかった。

「いちいち妬《や》くなって。あれから会ってないし、その話をしたのは学会のときだよ」

理央は桐原と向かいあう形でその膝《ひざ》にまたがり、両腕を首に巻きつけていた。うっすらと浮かべる笑みは、どこか妖艶ですらあった。

「誰が妬くか。あんなつまらない男と天秤《てんびん》にかけられたのが腹立たしいだけだ」

「はいはい。っていうか、天秤になんかかけてないよ？　あのときは完璧に、宇津井《うつい》さんに走ろうと思ってたし。あんたが来なかったら、あのまま寝てたよ」

あっけらかんと言い放つ理央に、桐原は苦虫を嚙みつぶしたような顔をし、能城は声にならない悲鳴を上げた。そして井田は相変わらず無関心を貫いている。

「よかったね、僕の趣味が悪くて。顔と頭だけのあんたを選んだんだから、感謝してくれなきゃ」

「おまえが好きなのは身体《からだ》だろうが」

「人を淫乱みたいに言わないでくれる？　えっちで恋人を選ぶほど、セックス好きじゃないっての」

「俺とするのは好きだろ？」

「……好きだけどっ」

お願いだからやめて欲しいと、能城は心の底から思った。耳を塞《ふさ》ぎたかったが、能城のいる場所は桐原の視界にしっかりと入るから下手なことはできなかった。井田のように無反応でいるほうがずっと安全なのだ。

きっとこの二人は能城たちを研究室の置物かなにかと認識しているに違いない。桐原は最初からそんな感じだったが、だんだんと理央まで感化されてきている。このままではバカップル一直線だろう。いや、すでに手遅れな気もする。

それはともかく桐原の機嫌は直ったようだ。案外扱い易いという言葉に納得してしまう。本人が不在のときに理央が言っていたのだが、もちろん彼限定で……だろう。

「ちょっと、放してよ。もうすぐ奎斗《けいと》来るんだから」

「別にいいだろうが」

「よくないよ。って、なにしてんだよ……！　っ……ん……」

本当になにをしているのかと叫びたい能城だった。桐原は理央の後頭部をつかむようにして引きよせ、唇を塞いだのだ。

ノックが聞こえたのは、理央の声が聞こえなくなった直後のことだった。

瞬時にして理央は桐原の肩を押して身体を離そうとしたが、成功したのはキスから逃れることだけだった。やたらと力があるらしい桐原の腕はしっかりと理央の腰にまわされていて、そこだけはどう頑張っても離れていかないようだ。

「出ろ、能城」

「ははははいっ……！」

バネ仕掛けの人形かなにかのようにぴょこんと立ちあがり、能城は慌ただしくドアを開けにいく。途中、机や棚にぶつかったが、悠長に痛みなど感じていられる精神状態ではなかった。

「能城くん、待て！」

「待たなくていい」

どちらの言葉に従うかは考えるまでもない。理央は怖くないし根に持たないタイプだが、桐原は怖くて執念深いからだ。

迷わず能城はドアを開けた。

目の前には可愛《かわい》らしいという表現が似合う少年が立っていた。いや、少年という年齢じゃないことは知っているが、どう見ても青年というよりは少年という風情だった。その後ろには、同じような背格好の青年が所在なげに立っている。こちらはイケメンといって差し支えないタイプだろう。身長こそ高くないが、快活そうで、こざっぱりとしていて、いかにもいまどきの大学生といった感じだ。

理央から話は聞いている。他学部にいるという理央の幼なじみと、その友人だろう。

「こんにちは。あの、こちらにいる佐條……」

美少年の言葉はぴたりと止まり、にこにこ笑っていた顔は信じられないものを見るようなものに変わった。

「……あー……入って、奎斗。太智《たいち》くんも」

「ど、どうも、おじゃまします。ほら、奎斗」

太智と呼ばれた青年が奎斗という名の幼なじみを促して研究室に入ってきた。多少の動揺は見られるが、太智には驚いた様子はなかった。

連れられるまま入ってきた奎斗の視線は理央に向けられたままだ。かなり目が泳いでいて、能城は思わず彼に同情してしまった。終始これを見せつけられている立場もつらいが、生まれた頃から知っている幼なじみ――それも頼れる兄のような相手が、男の膝に乗っている光景はさぞかし衝撃的だろう。

「いい加減に放してくれない？　奎斗がびっくりして倒れちゃったらどうしてくれんの？」

「病院棟にでも連絡させる」

「なんかもう殴っちゃおうかな。うん、殴っていいよね。だって僕の大事な奎斗に、この言いぐさだし」

「おまえは恋人より幼なじみが大事なのか」

「当たり前じゃん。あんたは踏んでも蹴っても壊れないし、無神経で図太いけど、奎斗は違うんだから」

「いい度胸だな、帰ったら覚悟しとけ」

「じゃ、帰んない」

甘い言葉を囁《ささや》いているわけじゃないのに、いちゃついているようにしか見えないのが不思議で仕方ない。どうやらそう思っているのは能城だけではないようで、太智もげんなりした様子で小さく溜め息をついていた。

引きつりそうになる顔に無理やり笑みを乗せ、能城は席を勧めた。

「あの……とりあえず、適当に座って。いまお茶いれるから」

「ありがとうございます。ほら、奎斗。そろそろ戻ってこいよ」

「う……うん……」

ぎこちなく頷《うなず》いた奎斗は、もの問いたげな顔をしていた。相変わらず理央は桐原の膝にまたがった状態で、腰には桐原の腕が絡みついている。

理央はなにもかも諦めたような溜め息をついた。

「黙っててごめんね。いつ言おうかって、タイミング計ってたんだけど……。まぁ、なんでかこういうことになっちゃったんだよ。いろいろと不本意なんだけどねぇ」

「主にセックスのときの役割が？」

「ほんとに黙ってくれないかな。でなきゃ放せ、こら」

「自分で乗っかってきたんだろうが」

「あんたがいつまでも些細なことで拗《す》ねるからだろ」

「浮気が些細なことか？」

「だからあれは浮気じゃありませんー。あの時点じゃただのセフレだったじゃん。いや、それ以下だったよ」

「おまえこそいつまでも過ぎたことを言ってるんだが、自覚してるか？」

「あんたみたいに頻繁じゃないし」

また始まった……と、能城は遠い目をした。最近になって、これは彼らなりのコミュニケーションであり、当人たちは楽しんでいるのだと気が付いた。近くにいる身にはたまったものではないが。

「理央がなんか可愛い……気がする……」

奎斗がぽつりともらした呟きは、理央の耳にまで届くことはなかった。

「なにこのカップル……あの、いつもこうなんですか？」

「こうなんです……」

力なく笑う能城に、太智は同情的な視線を向けた。

「大変っすね。いや、うちにもカップルいるんでわかります。片っぽがなにかと威嚇《いかく》っていうか、理不尽な要求とか命令とかしてくるし。でもここまで脱力系じゃないかなぁ……」

「え、君も？　うちって、自宅？」

「はい」

「それはつらい……だって自宅で寛《くつろ》げないよね？」

「自分の部屋に籠《こ》もっちゃいます。リビングでいちゃいちゃされると気持ち的に厳しいってのもあるんですけど、片っぽが消えろって目をするんできついっす」

「わかる、わかるよ……！　いや、こっちはいないものとして扱われるんだけどね。うん、路傍《ろぼう》の石、的な」

「ああ……」

似た立場に置かれているせいか、初対面にもかかわらず妙な連帯感が生まれた。二人でしみじみと互いの苦労を労《いたわ》りあっているうちに、理央と桐原の攻防には決着がついたようだった。桐原の膝から下りた理央は、いまだに困惑気味の奎斗の手をぎゅっと握り、床に膝を突かんばかりにして顔を見あげた。

さながら王子さまがお姫さまに求愛でもしているようだ……と、能城は思った。あながち突拍子もない発想ではなかったようで、太智も小声で「超プリンス」などと、よくわからないことを呟いていた。

そして桐原はかなり不機嫌そうな顔に戻っていたが、能城は直視しないように、あえて太智のほうを向いた。

「正直、逃げたいっす」

「同感だよ」

溜め息をつく太智と能城をよそに、理央と奎斗の話は進んでいるようだ。小声でなにか言う理央に対し、奎斗はしきりに頷いていた。おそらく経緯だとか現状だとかを説明しているのだろう。

桐原から離れただけで、理央は普段のまともな青年に戻っている。基本的に彼は良識があるし、気遣いもできる人間だ。ただ桐原との関係をここでは隠すつもりがなく、また桐原のやることを本気で阻止したり拒否したりする気がないだけなのだ。その「だけ」が、能城たちにとっては苦行に繋がるのだが。

やれやれと思いつつ、なにげなく能城は視線を動かした。するとこちらをじっと見ている井田と目があった。

（あ、忘れてた……）

この瞬間まで、彼の存在はすっぽりと頭から抜け落ちていた。それほど井田は気配を発していなかったし、存在も感じさせなかった。

「あ……そうか客か」

怪訝《けげん》そうな顔の井田は、急に合点がいった様子で呟いたが、その声は妙に大きくて、話をしていた理央と奎斗、そして桐原が、いっせいに彼のほうを見た。

さすがに少し怯《ひる》んだ井田は、おもむろに耳からなにかを取りだした。ころりと手のひらに載ったのは、押しつぶして耳に入れるとなかで戻るタイプの耳栓だった。

「み、耳栓……」

がっくりと力が抜けて、能城の口からは乾いた笑いがこぼれた。道理で平然としていたわけだ。

井田は耳栓をしていた事実を桐原に知られたのはまずいと気付いたらしく、反応をうかがうようにちらりと目を向けた。だがすでに桐原は意識を理央に戻していた。学生たちの話になど興味がないのだろう。そうとわかり井田はあからさまに安堵《あんど》し、理央たちもまた自分たちの話に戻った。

「……ずっとそれしてたの？」

「ああ。精神の安定を図るために」

井田も能城同様にピンク色の空気に耐えられなかったようだ。その部分には同意するが、言っておきたいこともあった。

「ずるいよ。僕にも言ってよ、そういうことは」

「……予備あるけど、いるか？」

「ください」

即答し、能城はさっと手を出した。

手のひらにころりと乗せられた小さなそれに、能城はささやかな希望を見た気がした。

あとがき

甘くて傲慢……いかがだったでしょうか。

今回もまた、おそらく自発的には出てこなかったであろうカップルになりました。桐原は書かないタイプでもないでしょうが、放っておいたら理央はなかっただろうな……と思われます。

なにしろ私のなかで理央は攻要員だったもので（笑）。いや、具体的なカップリングはまったく考えていなかったんですが、受か攻かで言われたら、「ちょっとチャラい攻」のつもりだったんです。

担当さんに相談しているうちに、受にしちゃえってことになりました。うん、結果的によかったと思います。とても楽しく書けたカップルでした。そして理央は私の受キャラのなかで最も長身な子になりました。

理央はあれですね、手間のかかる相手でないとだめなタイプ……。できた人には惹かれないんですよ。恋愛でも友愛でも、世話を焼くのが大好き。ようするに割れ鍋に綴じ蓋なんですね。

で、今後ともベタベタに甘い桐原に罵詈雑言を浴びせながらも、楽しく暮らしていくのでしょう。そこは揺るぎない感じですが、彼らの研究が実を結ぶかどうかは不明です（笑）。接触通信はいずれ完成するでしょうが、携帯電話の代わりになるとは到底思えないんですけども。

研究内容については、とにかく実現性の低そうな――というか、トンデモなシステムにしようと思って、ああなりました。万が一にでもシステムが確立されたとしても、悪用されまくっちゃいそうですけどね。

そんなこんなで、なんとかお届けできることになりました理央と桐原のカップルです。もうもう、神田猫先生が描いてくださった桐原の目つきやひげ面に、私ひそかに悶えておりました。いやぁ、イイ！　理央も超イケメンですしね。っていうか美人。

前作では電話出演（笑）のみだったんですよね。なのでキャラララフの段階から、とっても楽しみにしておりました。本当にありがとうございました。

そして最後になりましたが、ここまで読んでくださいましてありがとうございました。少しでも気に入ってくださったなら幸いです。

ではではまた、なにかでお会いしましょう。

きたざわ尋子

✦初出　甘くて傲慢……………………書き下ろし
桐原研究室の午後……………書き下ろし

きたざわ尋子先生、神田猫先生へのお便り、本作品に関するご意見、ご感想などは
〒151-0051 東京都渋谷区千駄ヶ谷4-9-7
幻冬舎コミックス　ルチル文庫「甘くて傲慢」係まで。

幻冬舎ルチル文庫

甘くて傲慢

2012年4月20日　第1刷発行

✦著者　きたざわ尋子　きたざわ じんこ

✦発行人　伊藤嘉彦

✦発行元　株式会社 幻冬舎コミックス
〒151-0051 東京都渋谷区千駄ヶ谷4-9-7
電話 03(5411)6432[編集]

✦発売元　株式会社 幻冬舎
〒151-0051 東京都渋谷区千駄ヶ谷4-9-7
電話 03(5411)6222[営業]
振替 00120-8-767643

✦印刷・製本所　中央精版印刷株式会社

✦検印廃止

ISBN978-4-344-82503-1　C0193　Printed in Japan

スポーツメーカーに勤める元サッカー選手の真柴は、美人で可愛い先輩・千倉を恋人にしたばかり。そんなとき、海外から招かれたスポーツ力学界権威の美丈夫、そして新プロジェクトで関わったモデルの青年が、それぞれ千倉へ急接近!?　やきもきする真柴だが、当の千倉にはクールにあしらわれてしまう。千倉からの気持ちに自信を持てずにいる真柴だが……。
きたざわ尋子
［君だけに僕は乱される］
イラスト 鈴倉 温
580円(本体価格552円)